朵貝・楊笙經典童話 3

MOOMIN

姆米爸爸的冒險故事

Muminpappans memoarer

朵貝・楊笙｜Tove Jansson
劉復苓 譯

目次

登場人物介紹

Moominpappa
姆米爸爸

姆米家的父親，喜好哲學思想。姆米爸爸自小就住在孤兒院，認為自己是一名非凡的姆米，嚮往著冒險刺激的生活。

Hodgkins
豪德金

姆米爸爸逃出收容所後結交的第一個朋友，姆米爸爸都稱他為「老豪」。豪德金沈默寡言，埋首於各種新奇的機器之中，夢想是成為發明家。

The Muddler
羅德佑

豪德金的姪子，住在巨大的舊咖啡罐裡，喜歡蒐集各式各樣的鈕釦。羅德佑是史尼夫的父親，個性同樣膽小，也總是受到驚嚇而哭泣。

The Joxter 約克薩

司那夫金的父親，個性慵懶，喜歡悠哉的過生活。唯一能讓他變得精神抖擻的方法，就是禁止他去做某件事。

The Mymble 米寶姊姊

米寶一家年紀最大的孩子，經常為了好玩有趣而說謊，將姆米爸爸一行人唬弄團團轉。

Niblings 小搗蛋

小搗蛋是群居動物，住在河床下，會用力啃咬任何出現在眼前的物品。在姆米爸爸的旅途中，一隻小搗蛋意外的成為了他們的旅伴，度過許多驚險的時刻。

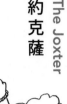

鬼魂 The Island Ghost

有天出現在姆米爸爸家門前的鬼魂。雖然陰森恐怖，但個性很迷糊，一點也不可怕，最後還與姆米爸爸成為了朋友。

愛德華水怪 Edward the Booble

脾氣暴躁的巨大水怪，因為體積太巨大了，總是不小心踩扁其他小動物。愛德華水怪往往會自掏腰包，幫助那些可憐的小動物舉辦葬禮。

Tove

開場白

在姆米托魯還很小的時候，有一次，姆米爸爸在酷夏時分感冒了。他拒絕喝下加了洋蔥汁和糖的熱牛奶，也不願上床休息，只是坐在花園的吊床上擤著鼻涕，一面抱怨他的雪茄味道很難聞，草坪上丟滿了用過的衛生紙，還要麻煩姆米媽媽將它們收到小籃子裡。

姆米爸爸的感冒越來越嚴重後，他才轉移陣地，坐到陽台搖椅上，鼻子以下全都裹在毯子裡。姆米媽媽遞給他一大杯萊姆酒，但是已經太遲了，對他來說，酒變得跟洋蔥牛奶一樣難以入口，姆米爸爸放棄一切希望，還把房間搬到朝向北方的閣樓。他從來沒生過什麼病，因此非常嚴肅的看待自己這次的感冒。

當他的喉嚨疼痛到極點時，他要姆米媽媽找來姆米托魯、司那夫金和史尼夫，大夥兒圍在他的床前。他對他們百般叮嚀，囑咐這些孩子千萬別忘記，自己那麼年輕就有幸遇到熱愛冒險、志同道合的彼此。他還命令史尼夫拿來客廳櫃子裡海泡石做成的玩具火車，不過他的聲音太沙啞，沒人聽懂他到底要什麼。

大家幫他蓋好被子，不但紛紛表達關心，還溫柔的安慰他，接著又送上太妃糖、感冒藥和幾本有趣的書給姆米爸爸後，才一個個走出屋外，回到陽光的懷抱下。

姆米爸爸留在床上，內心非常的煩躁，最後總算還是睡著了。他到傍晚才醒過來，喉嚨比較不痛了，但心情還是很不好。他搖了搖晚餐鈴，姆米媽媽立刻上樓來，問他感覺怎麼樣。

「我很虛弱，」姆米爸爸說：「但無所謂，現在最重要的，是去關心一下我那台海泡石小火車。」

「你是說，放在客廳裡當裝飾品的小火車嗎？」姆米媽媽驚訝的說：「它怎麼了？」

姆米爸爸坐起身。「妳不會不知道它在我年輕的時候有多重要吧？」他問。

「這個嘛，它是抽獎得到的獎品，不是嗎？」姆米媽媽說。

姆米爸爸搖搖頭，擤了鼻涕後又嘆口氣。

「就像我想的一樣，」他說：「要是我今天因為感冒死了，你們就永遠不會知道這台火車的來由，也許其他很多重要的事情也一樣。我可能跟你們提過我年輕時代的事，但顯然你們都忘光了。」

「只忘了少數細節……但也許正如你所說的！」姆米媽媽承認：「時間久了，記憶就模糊了……你現在想不想吃晚餐？今天有蔬菜湯和果汁。」

「嗯。」姆米爸爸沮喪的說完，便轉身面向牆壁乾咳。

姆米媽媽就這樣坐在姆米爸爸身旁，望著他的背影說：「我要告訴你，我上次收拾閣樓的時候找到一本很厚的作業簿，幾乎沒使用過。或許你可以將年輕時的故事全都寫下來？」

姆米爸爸沒有搭理，但他不再咳嗽了。

「反正你現在感冒不能出門，待在家裡寫作不是正好嗎？」姆米媽媽繼續說：「那叫作什麼……是記憶錄嗎？把你的一生寫下來的東西？」

「那是『回憶錄』。」姆米爸爸說。

「這麼一來，你就可以把你寫下的內容念給我們聽，」姆米媽媽說：「例如在吃完早餐，或是晚餐之後。」

「這得花點時間。」姆米爸爸推開毛毯，開口道：「相信我，寫書不是那麼容易的事，一個章節沒寫完，我是不會向別人朗讀的，而且我只先念給妳聽，之後才會輪到別人。」

「你說得也許沒錯。」姆米媽媽說。她爬上閣樓，找出那本作業簿。

「爸爸感覺如何了？」姆米托魯問。

「他好多了。」他母親說：「你們必須保持安靜，因為你爸爸從今天起，要開始撰寫他的回憶錄了。」

前言

今晚，我，姆米爸爸，坐在我的窗前，看著我的花園，螢火蟲正在絲絨般的黑夜裡編織著屬於牠們的神祕符號，用短暫卻快樂的一生點亮剎那的光明！

身為一家之長也是一屋之主，面對我即將下筆的年少輕狂，不禁或到一陣哀傷。我提起筆來，不知道該如何下筆，只覺得握著筆的手不斷的顫抖。

然而，另一位傑出人士也寫了回憶錄，我從他充滿智慧的文字裡獲得力量：「普羅大眾無論從事什麼行業，只要在這世上稍有善舉，或自認如此，並且真正熱愛真理、為人正派，都應該寫下自己的一生，就算四十歲之後才動筆也不遲。」

我應該是做了不少好事，甚至比自己想的還要多。還有，我還滿正直的，我想我也熱愛真理，除非它真的太無聊。我記不起來我幾歲了。

好吧，我就聽從家人的建議，臣服於誘惑的談一談我自己。因為，我得承認，我的自傳有可能將在姆米谷廣為流傳，這一點非常吸引我！

希望我簡單的記錄能為所有姆米家族成員帶來快樂和指引，尤其是我的兒子。我的回憶錄一旦經過琢磨，也許會成為璀璨的鑽石。然而，當中難免出現幾處小小的誇張和錯誤，但只會為故事增加地方色彩和活力，絕不影響整部自傳的真實性。

考量許多仍在世的朋友的感受，有時我會使用假名，例如將亨姆廉改名為菲力強克，或者把刺蝟改為賈夫西等等，不過聰明的讀者一定能輕易看出我指的是誰。

另外，讀者會看出，其實約克薩就是司那夫金神祕的父親，並且會立刻認同史尼夫就是羅德佑的兒子。

你，天真無邪的孩子，一直認為你父親是個威風又嚴肅的人，當你讀完我們三位父親的冒險故事後，就會發現我們這些做父親的都很相似，至少年輕時是這樣。

我覺得有必要記錄下我們非凡的年少時光，以便對我自己、我的人生以及我的子孫有所交代。我相信一定會有許多讀者不時從書頁上抬起鼻子，大聲讚嘆：「姆米爸爸真是位了不起的姆米！」或者：「這才是人生啊！」

我的天啊，我感到無比莊嚴！

最後，我要感謝所有讓我的人生成為一本傑作的朋友：老豪、溜溜和我的妻子——無與倫比、無人能及的姆米媽媽。

作者

寫於八月的姆米谷

第一章

關於我不被人了解的童年、人生的初體驗和逃跑那晚的轟動，還有和老豪歷史性的見面

多年前，一個寒冷又颳著強風的夜晚，姆米棄嬰收容所門口出現一只簡單的購物袋，袋裡裝著隨便用報紙裹著的我。

如果我是被放在美麗的小竹籃裡，遭丟棄在綠色的青苔上的話，那該有多浪漫啊！

然而，創辦棄嬰收容所的亨姆廉太太喜歡占星術（多多少少啦）。她明白我出生時的星象，顯示當時有個特別又有才華的姆米誕生了，因此她擔心自己會惹上麻煩。人們往往認為天才很孤僻，但我得承認，這從未帶給我任何不便。

星象真的具有重大影響！如果我早了幾個小時出生，就會成為一個撲克牌高手；而晚我二十分鐘出生的人，則會渴望加入亨姆廉志願銅管樂隊。任何父母生孩子時一定要多加注意，我建議看好時辰，一分一秒都馬虎不得。

不知怎麼的，當我從購物袋裡被抱起時，我打了三聲很特別的噴嚏，這可能又別具意義。

亨姆廉太太在我的尾巴綁上標籤，上面蓋著神奇數字十三。她已經收留了十二名棄嬰，他們個個嚴肅、整潔又聽話。很不幸的，這是因為亨姆廉太太每天幫他們洗澡的次數比親吻的次數還要多的緣故，她個性拘謹，缺乏所有良善的特質。親愛的讀者，你能想像一間姆米屋的房間全是正方形，不但排列整齊，而且全部都規規矩矩的漆成啤酒黃嗎？你會說，姆米屋應該要有許多出其不意的角落、祕密房間、樓梯、陽台和塔樓，這樣才對吧！孤兒院完全不是這樣，而且更糟糕的是，半夜誰都不可以下床吃東西、聊天或走動，甚至連上廁所都不大行！

我不能捕捉有趣的小蟲回來養在床底下，也必須在固定時間吃飯洗澡，道早安時也得讓尾巴保持四十五度。噢，任誰說起這種事情都會流淚的！

我常常站在走廊的小鏡子前，凝望著自己不快樂的藍眼睛，設法參透人生的祕密。我往往將鼻子埋進雙手的手掌之中，大嘆「獨自一人！」「殘忍的世界！」「我真不幸！」等悲傷的字眼，以便讓自己好過一些。

我是個很孤獨的小姆米，天才都是如此。沒有人懂得或理解我，連我也不太明白自己。當然，我知道自己和其他小姆米不一樣——其他人缺乏好奇和讚賞的能力。

例如，我會問亨姆廉太太：為什麼世界上的萬物是現在的模樣，而不是相反的情況？

「現在這樣不是很美嗎？」亨姆廉太太回答：「這有什麼不對嗎？」她從不解釋任何事情，我越來越覺得她只是想要敷衍了事。「什麼？何時？」和「誰？如何？」對亨姆廉來說，沒有任何意義。

我也曾問她我為什麼是我，而不是別人。

「那是因為我們運氣都不好！你洗臉了嗎？」這就是亨姆廉太太對重要問題的回答。

我繼續問：「可是，為什麼妳是亨姆廉，不是姆米？」

「因為我爸媽都是亨姆廉，噢，老天哪！」

「那他們的爸媽呢？」我問。

「也是亨姆廉！」亨姆廉太太叫道：「然後他們的爸媽也是，他們爸媽的爸媽也是，以此類推。現在快去洗臉，否則我會很緊張！」

「真可怕，他們沒有一個最早的祖先嗎？」我問：「通常不是會有第一個爸爸和第一個媽媽嗎？」

「沒人會知道那麼久以前的事，」亨姆廉太太說：「總之，追根究柢有什麼用呢？」雖然如此，還是有個揮之不去的模糊想法告訴我，我父母的血統也許和我這麼特別有很大的關係。如果說我的嬰兒布上繡著皇冠圖案，我也不會驚訝。可惜，報紙上沒有任何相關消息！

某天晚上，我夢到我向亨姆廉太太道早安時，尾巴角度不對，彎成了七十度角。我告訴她這個有趣的夢，問她這種事是否會讓她生氣。

「夢都是垃圾。」亨姆廉太太說。

「我們怎麼能確定呢？」我抗議的說：「說不定我夢裡的那個姆米才是真的，而現在站在這裡的姆米只是妳在做夢呢？」

「恐怕不是這樣！眼前的你再真實不過了！」亨姆廉太太心灰意冷的說：「我現在沒時間跟你瞎扯！你總是讓我頭痛！要是你生在外面那個沒有亨姆廉的世界，會變成什麼樣子呢？」

「我會很有名，」我發自內心的說：「還會蓋一間亨姆廉棄嬰收容所，讓孩子在床上吃蜜糖三明治，床底下也可以養草蛇和鼬鼠！」

「他們根本不會想要做這些事。」亨姆廉太太說。

恐怕她說對了。

於是，我在永無止境的好奇中，靜靜的度過了幼年時期。我一直重複我的問題：「什麼？何時？」和「誰？如何？」而「為什麼？」三個字似乎讓他們很不自在，使得亨姆廉太太和她那群聽話的孤兒

總是盡量迴避我。我只好在亨姆廉太太家附近的荒涼海邊漫步，思索著宇宙萬物，像是：蜘蛛網和星辰，在水塘邊疾走的捲尾巴小怪獸，還有來自四面八方、氣味各異的風。那是一段哀傷又令人消沉的時光，後來我才明白，天才的姆米往往會質疑那些天經地義的事物，反而視一般姆米感到好奇的事情為理所當然。

不過，情況漸漸有了改變，我開始思索鼻子的形狀。我將身旁的瑣事擱置一旁，更進一步的思考自己，因而發現這是件很有意思的事情。我不再問問題，反而渴望說出想法和感受。哎呀！只可惜除了自己以外，再也找不到能欣賞我的人。

那年春天，是我成長階段極為重要的時期。起初我沒有意識到它的到來，只是和往年一樣，聽見萬物從冬眠甦醒時的吵鬧聲音，像是鳥叫、蟲鳴和歌唱。我看到亨姆廉太太花園裡排列對稱的蔬菜冒出了新芽，爭先恐後的擠在泥土上。清新的春風在夜晚低吟，空氣的味道也不一樣了。我貪心的嗅聞著每樣東西，直到雙腿越來越瘦，但還是沒有察覺這些改變全都是為了我。

一直到某個颳風的早晨，我才有了一種感覺……這個嘛！我就是有一種感覺。我直接跑到亨姆廉太太不允許我們前往的海邊。

等待著我的，是一段非常重要的經歷。我第一次看到了自己從頭到腳的模樣，明亮發光的冰塊比亨姆廉太太走廊上的鏡子寬闊好幾倍，可以看到春日天空的白雲從我豎直又美麗小巧的耳朵後方飄過。我終於可以看見整個鼻子，還有手部以下結實圓潤的身軀。雙掌是我唯一不滿意的地方，它們看起來無助又幼稚，讓我不知所措。「不過，」我心想：「也許長大後就不一樣了。我的力量無疑來自於頭腦，不管我做什麼，絕

不會讓人感到無聊，也不會讓他們有時間往下看到我的手掌。」我像著了魔似的盯著倒影，為了看得更清楚，乾脆俯身趴在冰塊上。

可是，此時我反而看不見自己了，只看到逐漸下沉的綠色微光，照出冰層下方的祕密生物。他們看起來很危險，但非常吸引人。我一時頭暈目眩，心想：「跳下去吧！就此沉到詭異的黑影裡吧……」

這想法實在太嚇人了，讓我不禁又想了一次：「下沉、下沉……我受夠了！只有下沉、下沉、下沉。」

這讓我極端沮喪。我站起來原地踏步，試看看冰塊是否支撐得住。發現沒問題後，我便再往前走一點，沒想到卻到了冰層載重的極限。

突然之間，我掉進了冰冷的綠色海水，水淹到我的耳朵，整個人就這樣在深不見底的危險黑暗中絕望的揮動雙手。此時，天上的雲朵依舊靜靜的飄過，彷彿什麼事都沒發生。

也許可怕的黑影會把我吞噬！說不定還會拿著我的耳朵，對它的孩子說：「趕快趁熱吃吧！一隻貨真價實的姆米可不是每天都吃得到的！」或者是被水草纏住耳朵後，淒慘的漂到岸邊，亨姆廉太太為此後悔的哭泣，還告訴每一個她認識的人說：「噢！他是個非常特別的姆米！只可惜我來不及了解他……」

我正要開始想像我的葬禮，沒想到竟然有東西輕輕捏住了我的尾巴。有尾巴的人都知道要小心對待這個裝飾物，它能立即察覺危險或侮辱的威脅。我暫時擱下誘人的幻想，重新振奮精神，一鼓作氣的爬上冰塊，回到岸邊。我告訴自己：「我終於有了經歷。這是我人生中的第一個經歷，我無法再留在亨姆廉太太那裡，我要用雙手開創出自己的命運！」

我一整天都寒冷不已，但沒有任何人來關心，這更加深了我的決心。到了黃昏，我將床單撕成長條，綁成繩子後緊緊繫在窗沿上，那十二個聽話的孤兒只是看著我，什麼話都沒說，這傷透了我的心。晚餐後我非常仔細的寫了一封道別信，內容十分簡單但極有尊嚴：

親愛的亨姆廉太太：

我感受到前方有偉大的使命等著我，而姆米的生命短暫，因此我決定離開。再見了。請不要悲傷，總有一天，我會戴著桂冠光榮歸來！

再會了，送上我的祝福。

一隻與眾不同的姆米敬上

還有，我帶走那鍋南瓜泥了。

一切都已經決定了！就這樣，我在星星的指引下，走向未知的命運。我只是個年輕不懂事的姆米，憂鬱的在樹叢間遊蕩，在荒山野嶺間嘆息，夜裡可怕的聲響讓我更加寂寞。

*

回憶錄寫到這裡，姆米爸爸對於他不快樂的童年感觸極深，覺得有必要休息一下。他蓋上撰寫自傳的筆，走到窗前。姆米谷一片寂靜。花園裡微風低吟，吹得姆米托魯的繩梯前後搖晃。「我確信我現在還是能夠逃得了，」姆米爸爸心想：「我還不老！」

他獨自吃吃的笑了起來，然後舉起有輕微風濕症狀的雙腳，越過窗沿，爬上了繩梯。

「爸爸，」姆米托魯從隔壁窗戶探出頭說：「你在做什麼？」

「運動。」姆米爸爸回答：「維持體態！往下一步、往上兩步，再往下一步、往上兩步。可以訓練肌肉！」

「爸爸，你最好小心一點，」姆米托魯說：「回憶錄寫得怎麼樣了？」

「非常順利。」姆米爸爸說完，便拖著顫抖的雙腿攀回窗台，「我剛寫到我逃走時亨姆廉太太悲傷哭泣的部分，我想這會是非常令人感動的故事。」

「爸爸什麼時候念給我們聽呢？」

「很快。等我寫到河船的時候，」姆米爸爸說：「將自己寫的書大聲念出來是很有趣的事情！」

「我相信是這樣。」姆米托魯說完，忍不住打了一個哈欠，「好吧！爸爸，晚安。」

「晚安，姆米托魯。」姆米爸爸說著，又打開筆蓋。

*

嗯！我寫到哪兒了……噢，對了，我逃走了，到早上了……不，還沒那麼快，我得詳細描述逃走的那一晚……

我在不知名的荒地遊蕩了整晚，即使事後回想起來，還是覺得當時的自己很可憐！我不敢停下腳步，也沒有勇氣四處張望。誰知道黑暗中會突然看見什麼！我放開嗓門，想唱孤兒院裡的早安曲〈這世界沒有一絲亨姆廉的感情〉，可是從喉嚨發出的顫抖聲音只會讓我更害怕。那一夜，四處都起

了大霧，濃得猶如亨姆廉太太煮的麥片粥。霧氣爬上整片荒地，樹叢和石頭變成了恐怖的怪獸。它們扭著身軀向我爬過來，想要抓住我……噢，我真的覺得自己好可憐！

在那種情況下，就算是讓我受不了的亨姆廉太太，此刻要是能夠陪在我身邊也好。但要我回去，絕不可能！我在道別信裡已經說明白了，現在更不能後悔。

早晨終於到來了。

日出時，我看到了美麗的景觀，霧氣變成玫瑰紅，好似亨姆廉太太禮拜天戴的軟帽上的薄紗。一轉眼的時間，大地變得美麗又友善！

我動也不動的站著，看著夜晚消失，心情也開朗起來。我經歷了人生第一個早晨，只屬於我自己的早晨！親愛的讀者，請你們想想看，當我撕下尾巴上討厭的標籤，用力丟向遠方時，心中充滿了多麼大的快樂和成就！接著，我豎起小巧美麗的耳朵，抬起鼻子朝向天空，在寒冷閃耀的春天早晨中跳著自由晨光下的姆米之舞。

沒有人能對我發號施令！不用再因為晚餐時間到了就要吃飯！不再需要向國王以外的任何人敬禮，不用睡在啤酒顏色的四方形房間裡！亨姆廉，再見了！

太陽升起，陽光照在蜘蛛網和濕漉漉的葉子上，我在逐漸褪去的霧氣中，看見了道路。蜿蜒在荒野上的道路直通世界，引領我進入未來的人生——我那出類拔萃、與眾不同的人生。

我吃光南瓜泥，丟掉鍋子，擺脫了所有的隨身物品。沒有責任也沒有舊規則，每一件事對我來說都是全新與未知。我感到前所未有的開心。

這種獨特的感覺一直持續到晚上，我被自我和自由沖昏了頭，夜晚已經不再令我害怕。我唱著自己譜曲，還填上絕妙歌詞的歌曲（現在我已經忘了怎麼唱），勇敢迎接夜晚的來臨。

晚風迎面輕拂，奇特的香味讓鼻孔也充滿期待。當時我並不知道那就是森林、青苔、蕨類和上千株大樹的味道。後來我走得疲倦了，便蜷縮在地上，雙手放在肚皮取暖。或許我不用成立亨姆廉棄嬰收容所了，反正棄嬰也不常見。我躺著思索將來要當名人呢？還是冒險家比較好？最後，我決定要成為出名的冒險家。我進入夢鄉前，腦中還想著：「明天！」

我醒來後，抬頭便看到一片翠綠的新世界。可想而知，我非常驚訝，因為我從來沒看過樹。它們筆直高聳，令人眼花撩亂，還在上方形成一片綠色屋頂。樹葉在晨光中搖擺發亮，鳥群穿梭其間，開心的鳴叫。我立定站好，讓心情平靜下來後大喊：「早安！這美麗的地方是屬於誰的？有沒有亨姆廉在這裡？」

「別吵！我們正忙著玩遊戲！」鳥兒說完，直直衝入樹葉裡。

我繼續往樹林裡走，這裡的青苔溫暖又柔軟，但蕨類下方有深暗的陰影。一群又一群我從沒見過的小動物在下方跳躍飛舞，只不過他們太小了，聽不懂我的話。最後，我遇到一位上了年紀的刺蝟，她正獨自坐著擦拭一顆大核桃殼。

「早安！」我說：「我是出生於獨特星象之下的孤獨難民。」

「是嗎？」刺蝟不怎麼熱情的說：「我正在工作，要把這東西當成牛奶碗使用。」

「看得出來。」我一說完，就覺得肚子餓了，「這地方是屬於誰的？」

「不屬於誰！是大家的！」刺蝟聳聳肩說。

「也包括我嗎？」我問。

「當然。」刺蝟喃喃說著，繼續擦拭她的牛奶碗。

「妳很確定嗎？女士，這地方不屬於某個亨姆廉或其他人嗎？」我憂心的追問。

「某個什麼東西？」刺蝟說。

誰想得到，眼前這快樂的生物從沒見過亨姆廉！

「亨姆廉有很大的腳丫子，而且毫無幽默感，」我解釋道：「她有個突出又下垂的大鼻子，頭髮是一團雜毛。亨姆廉不做有趣的事，只從事必須做的工作，她一直叮嚀別人該做什麼，還有……」

「我的老天爺啊！」刺蝟喊完便躲進蕨類植物裡。

「好吧！」我心想，感到有點生氣，因為我想要告訴她很多關於亨姆廉的事情，「既然這地方屬於大家，那麼也是我的。現在我要做什麼呢？」

像往常一樣，我立刻靈光乍現，我聽到微弱的「叮咚」聲，腦中就有了點子。一個姆米加上一塊空地，就等於一棟房子。多麼令人興奮的想法啊：我的房子，我親手蓋的！完全屬於我自己的家。再往前走一點，我找到了小溪和一小塊綠色空地，顯然非常適合姆米居住。小溪畔甚至還有沙灘！

我拿起樹枝，開始在沙地描繪出我的房子。我毫不猶豫的一筆畫完，因為我非常清楚姆米房屋應該是什麼樣子。它高聳又瘦長，還有許多陽台、階梯和塔樓。樓上要有三個房間，還有一間裝雜物的儲藏室，你知道的，而樓下就只有華麗的大客廳。屋外則是陽台玻璃屋，讓我可以坐在搖椅上，旁邊放著一大杯檸檬汁和三明治，看著流動的溪水。而陽台欄杆，我打算設計成美麗的松果圖案，並用洋蔥形狀的旋鈕來裝飾屋頂尖端，而且一定要把它漆成金色。至於以往姆米住在大壁爐（在有人發明中央空調以前）後方時的聖物：銅門，我還不知道要如何製造。最後我決定捨棄銅門，改成在客廳放一座壁爐。

整棟房子的造型也像是個壁爐。我這棟美麗的房子似乎具有某種魔力，它讓我以神祕的速度飛快完成。這一定是我與生俱來的才能，再加上天分、無懈可擊的判斷力和自我批評的能力。不過做人不要自吹自擂，我只需要簡單的描述結果就好。

突然間，我全身發冷，黑影從蕨類下方爬出來，夜晚又降臨了。

飢寒交迫使我頭暈眼花，滿腦子只想著刺蝟的牛奶碗。也許她可以借我金色油漆來粉刷屋頂裝飾……我拖著疲憊的步伐，走回黑暗的樹林裡。

「又是你。」刺蝟說，她正在洗碗，「拜託你不要再講亨姆廉的事了！」

我張開雙手回答：「女士，我也不想再提到亨姆廉了。我幫自己蓋了一棟房子，是一棟兩層樓小屋！現在我又疲累又高興，最重要的是，我肚子好餓！我習慣五點吃飯。而且還需要一點金色油漆來漆屋……」

「金色油漆！」刺蝟尖酸的打斷我的話，「我剛才做的優酪乳還沒完成，之前的已經喝光了，我正在洗碗。」

「噢，好吧，」我說：「一個冒險家不會在乎那一點牛奶的。不過，請妳停止洗碗，來看看我的新房子吧！」

刺蝟對我露出懷疑的表情，嘆了一口氣，然後用毛巾擦乾手。「好吧！」她說：「等一下我還得重新燒熱水。房子在哪裡？遠不遠？」

我在前頭帶路，一種噁心的感覺從雙腳爬上了胃。我們來到了小溪邊。

「你的房子在哪裡？」刺蝟說。

「女士，」我指著沙上的設計圖，尷尬的說：「我計畫會這麼蓋……陽台會有松果的浮雕圖案。前提是，如果妳願意出借鋸子的話。」我說著的同時，自己也感到困惑了起來。

親愛的讀者，你們一定要知道，我太專心投入在蓋屋計畫上，讓我以為房子真的蓋好了！這無疑表示我非常有想像力，這是我和周遭的人們未來生活的保障。

刺蝟不發一語，只是深深的看了我一眼，低聲抱怨著幸好我沒感冒之類的話，便回去繼續洗碗了。

我踏入小溪，開始涉水往下游走，腦中什麼都不想。這條小溪和其他小溪一樣，夾帶著石頭緩慢流動。淺水的地方不時泛起漣漪，溪水也十分清澈，看得見河床上有許多鵝卵石，而深水處則變得黑暗又靜謐。火紅色的太陽低掛，陽光穿過樹梢照在我身上，我閉上眼睛，繼續走在溪水之中。

最後，我腦中又響起一聲「叮咚」，一個嶄新的想法出現。要是我真的在那片花朵盛開的小空地上蓋房子，不就會破壞了那裡嗎？房子應該要蓋在空地旁邊，再說了，那裡根本沒有空間蓋房子。再仔細想想，這樣一來我就成為了一屋之主，屋主怎麼能當冒險家呢？這根本不可能。

而且我一輩子都要和刺蝟這樣的人當鄰居！也許她和亨姆廉一樣，來自龐大的刺蝟家族。如果真是如此，我等於躲過了三大災難，應該心存感激才是。

後來，我將這個蓋屋計畫視為我人生中第一件真正的大事，並相信它深深影響了我將來的發展。

就這樣，我保住了自由和自尊。我繼續涉水往下走，突然隱約聽到一個奇怪的聲音，小溪中間有個用樹枝和硬葉做成的美麗水車，正在轉動著。我驚訝的停下腳步，這時傳來了有人說話的聲音：「這是個實驗，我在記錄它旋轉的次數。」我勉強在豔陽下睜大眼睛，看到一對大耳朵從藍莓樹叢上伸出來。

「請問我有幸聽到的，是誰的聲音呢？」我問。

「我是豪德金，」耳朵的主人說：「你是誰？」

「我是姆米。」我說：「一名出生在奇異星象之下的孤兒。」

「什麼星象？」豪德金問。他顯然很感興趣，這讓我很開心，因為第一次有人問我那麼有智慧的問題。

於是我爬出小溪，坐在豪德金旁邊，一口氣把我出生時的徵兆和預示全都向他分享。我告訴他，亨姆廉太太發現我被放在一個美麗的小竹籃裡，以及那可怕的收容所和我可憐的童年。最後，我還講述了在春季冰層上的冒險、戲劇的逃脫，和荒野遊蕩的可怕經歷。

豪德金神情嚴肅的聽著，並在適當的時間搖動耳朵。故事講完後，他沉思了好長一段時間才說：「奇怪，非常奇怪。」

「是啊，不是嗎？」我感激的說。

「亨姆廉真討人厭。」豪德金表示。他心不在焉的從背包裡拿出一袋三明治，給了我一半。「火腿。」他說。

我們就這樣並肩坐著，一起看著太陽下山，消失在地平線。

我認識老豪那麼久，他有一點一直讓我很激賞，他不需要講述什麼偉大的內容或專有名詞，就可以帶來平靜，使人信服。雖然一直都是我在說話有點不公平，但我還是繼續說著。

總之，這一天畫下了美麗的句點。心情不平靜的

時候，我建議你可以去看看溪裡轉動的美麗水車。

後來我也教導我兒子姆米托魯如何製造水車，方法如下：砍下兩根三叉樹枝，彼此相隔一點距離後插入溪底。接著摘下四片堅硬的長形樹葉，交疊成星形，用樹枝固定，再用一根長樹枝貫穿，如同下圖的模樣。最後，小心的把它放在兩個三叉樹枝上，葉片就會轉動了。

黑夜籠罩樹林，我和老豪回到當初找到的那片綠地過夜。我們就睡在原本預定要搭建陽台的地方，不過他不知道這件事。總之，松果的圖案已經刻畫在我腦中，我也知道樓梯要怎麼蓋，我深深相信這棟房子非常完美，而且已

經完成了。現在不需要再多花心思想它。

唯一重要的是，我遇到了第一個朋友，並且認真的展開了自己的人生。

第二章

回憶錄寫到羅德佑和約克薩，愛德華水怪首度亮相，還有對「海羊交鄉號」生動的描述和它無與倫比的首航

隔天早上我醒來的時候，老豪正在溪裡撒網。

「早安，」我說：「這裡有魚嗎？」

「沒有，」老豪回答：「生日禮物。」

這就是老豪式的回答，他的意思很簡單，指的是這魚網是他姪子親手編織送給他的生日禮物，不使用的話很可惜。後來，我知道他姪子叫作羅德佑，他的雙親在一次春季大掃除中失蹤了。現在他暫時住在一個藍色的舊咖啡罐裡，是個收藏家，主要蒐集鈕釦。這件事解釋起來很簡短，對吧？但就算如此，老豪也沒有辦法一次說清楚。

此時，他對我搖了搖一隻耳朵，走進樹林裡，我跟隨在他身後，最後，我們停在羅德佑的咖啡罐前。老豪拿出裝著一顆豆子的雪松木哨子，吹了兩聲，咖啡罐蓋子立刻打開，羅德佑從裡面跳出來，開心的跳向我們。

「早安！」他叫道：「哇，真開心！你今天不是要給我驚喜嗎？你帶了誰來？老天啊！真榮幸！不過很可惜，我的咖啡罐沒收拾乾淨……」

「不用在意，」老豪說：「姆米。」

「歡迎！歡迎！」羅德佑叫道：「我馬上回來……請等我一下，我得去拿個東西……」

他說完便消失在咖啡罐裡，我們聽到裡面傳來翻箱倒櫃的聲響。不久，他再度爬出來時，腋下夾著一個木箱子，我們三個人一起走進樹林裡。

「親愛的姪子，」老豪突然出聲：「你會不會刷油漆？」

「我會不會刷油漆！」羅德佑高聲說道：「當然會，有一次我幫所有的親戚刷了座位牌！每個人都有自己的座位牌！你需要使用有光澤的特製豪華亮光漆嗎？還是要在牆上寫格言？請見諒，但請告訴我你要的是什麼。這和你的驚喜有關嗎？」

「這是祕密。」老豪說。

羅德佑興奮不已，開心得跳來跳去，結果弄斷了綁在箱子上的繩子，一大堆物品從裡面掉出來，有彈簧、吊帶鉤、皮帶打洞器、耳環、插頭、小罐子、乾掉的青蛙、乳酪刀、香菸頭、各式各樣的鈕釦和礦泉水瓶蓋等等。

「別慌張。」老豪鎮靜的幫他撿起東西。

「對不起！」羅德佑說。

老豪從他口袋裡抽出一條繩子，綁在箱子上。我們繼續走著，我可以從老豪的耳朵看得出來他打從心底感到興奮。最後，他在一個茂密的榛樹叢前面停下，轉過頭來嚴肅的看著我們。

「你的驚喜就在這裡面嗎？」羅德佑恭敬的小聲問道。

老豪點點頭。我們爬進茂密的榛樹叢裡，來到一塊空地，空地上有一艘船，那是一艘巨大的船！

它又深又大，就像老豪這個人一樣：安全又值得信賴。我對船一無所知，但幾乎立刻強烈體會到船的概念。我喜愛冒險的心馬上加速跳動，還嗅到一種新的自由氣息。同時，我腦袋中浮現出老豪是如何夢想、規畫、設計出這艘船。他一定忙了好久，卻沒有對任何人提起，包括羅德佑在內。我突然感到悲傷，便虛弱的問道：「它叫什麼名字？」

「海洋交響號。」老豪回答：「這是我失散已久的哥哥，他筆下一本詩集的名稱。你幫我用深藍色油漆為它漆上名字吧。」

「是我嗎？我可以嗎？」羅德佑低聲說：「是真的嗎？你保證？用你的尾巴發誓？請問，我能不能塗滿整艘船？你喜歡紅色嗎？」

老豪點點頭說：「注意船的載重線。」

「我有一大桶紅色油漆！」羅德佑開心的叫道：「還有一小罐深藍色油漆……運氣真好！實在太好玩了！現在我要回家幫你們做早餐，收拾一下我住的咖啡罐……」於是，老豪的姪子急忙跑開，興奮得連鬍鬚都在抖動。

豪德金失蹤的哥哥

我看著眼前這艘船，開口稱讚道：「你真是厲害的木匠。」

此時，老豪打開了話匣子，他不斷的說明自己如何建造這艘船。他拿出紙筆解釋槳輪應該如何轉動，我完全聽不懂，但是能看出他為某些部分感到很傷腦筋。我猜測，原因一定是出在推進器。

雖然我很同情他，卻無法深入了解他的問題。哎呀，我在某些領域發揮不了才能，工程方面就是其中之一。

不過，船中央的尖頂小屋引起我相當大的興趣。

「你住在那裡面嗎？」我問：「它看起來像是姆米的夏日別墅。」

「那是船長屋。」老豪稍帶抗議語氣的說。

我陷入沉思。我太喜歡這房子了，窗框的設計極具創意。船長室外到如果能有座雕刻海軍圖案的欄杆會更好。屋頂可以用旋鈕來裝飾，最好是鍍金的……

我打開門，地板上有人用帽子蓋著臉在睡覺。

「你認識這個人嗎？」我驚訝的問。

老豪看了一眼。「是約克薩。」他說。

我看著約克薩，他外表不修邊幅，全身上下都是髒兮兮的駝黃色。他的帽子非常老舊，上面還插著枯萎的花朵。旁人會覺得約克薩不只是很久沒洗澡，而是他自己也不願意洗。

此時，羅德佑跑上來叫道：「早餐準備好了！」

約克薩醒了過來，像貓咪一樣伸展身體。「喝，呼。」他一面打哈欠一面說。

「不好意思，你為什麼會在豪德金的船裡呢？」羅德佑語帶敵意的說：「你沒看見禁止進入的牌子嗎？」

「當然看到了，」約克薩友善的說：「所以我才會進來。」

從這件事可以清楚看出約克薩的個性。唯一能讓他從慵懶的貓咪變得精神抖擻的方法，就是禁止他去做某件事，或是看見上鎖的門、圍阻的欄杆，如果讓他遇

到公園管理員，他還會開始抖動鬍鬚，什麼事都做得出來。除了這些事情以外，他幾乎都在睡覺、吃飯或做夢。我描述的此刻，他剛好肚子餓了，便和我們一起走回羅德佑的咖啡罐，破爛的棋盤上擺著已經涼掉的煎蛋捲。

「我早上準備了美味的布丁，」羅德佑解釋道：「但我想不起來放到哪去了……然後，這是一種速食煎蛋！」

羅德佑用罐蓋平分煎蛋給我們享用，然後期待的望著我們。老豪吃力的咀嚼了一陣子後，開口說了：「姪子，有一個很硬的東西。」

「很硬！」羅德佑大叫：「一定是我的收藏品……吐出來！快！」

老豪在蓋子上吐出了一些黑色的角狀物體。

「噢，真是不好意思！」他的姪子叫道：「是我的齒輪。幸好你沒吞下去！」

但老豪沒有理會，只是皺著眉頭，瞪著他。羅德佑哭了起來。

「老豪，你要原諒你姪子，」約克薩說：「你看不出來他真的很愧疚嗎？」

「原諒他？」豪德金大聲說：「沒有必要。」他拿出紙筆，畫出需要安置齒輪的地方，以便讓推進器和槳輪轉動。他畫的設計圖就像這樣：

（我希望你能看出他的想法，我自己不大了解。）

然而，羅德佑喜極而泣的大叫：「噢，的確如此！你的發明需要我的齒輪！」

我們興高采烈的吃完早餐。

老豪的姪子受到鼓舞，他一秒也不浪費，立刻穿上尺寸最大的圍裙，開始用紅色油漆塗裝「海洋交響號」。他盡心竭力的漆著，不僅船身成了紅色，就連周遭的地面和附近的榛樹叢都變紅了，我這輩子第一次看到像此刻的羅德佑一樣，全身火紅的人。不過，船的名字是深藍色。

油漆工作完成，老豪過來檢查。

「很漂亮，不是嗎？」羅德佑緊張的說：「我可是很認真的工作，一點都不馬虎！」

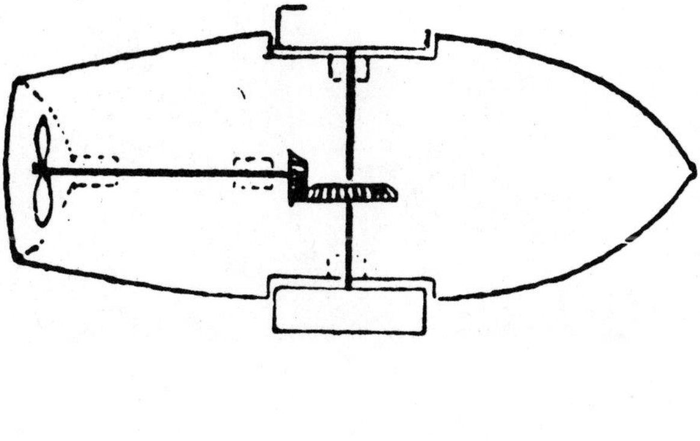

「看得出來。」老豪望著滿身通紅的姪子，深表贊同。他接著查看載重線，說一聲：「嗯。」又看了船頭的名字說：「嗯，嗯！」

「我寫錯名字了嗎？」羅德佑問：「請快點說些什麼，否則我又要開始哭了。不好意思！這名字不好寫！」

「**海羊交鄉號**，」豪德金念著。他想了一下說：「別緊張，這樣也可以。」

羅德佑總算鬆了一口氣，才提著剩下的油漆，跑回去漆自己的房子。

到了晚上，老豪又在溪裡撒網。想不到我們居然在網子裡找到一個小小的羅盤針櫃，讓我們驚喜交加！不僅如此，裡面居然還有一個水銀氣壓計！這奇怪的收穫一直令我想不透。

＊

姆米爸爸闔上作業簿，期待的看著聽眾。「如何，你們覺得怎麼樣？」他問道。

「我認為這會是一本很棒的著作。」姆米托魯嚴肅的說。他躺在紫丁香藤架下看著蜜蜂，天氣和煦平靜。

「有些內容是姆米爸爸編出來的吧！」史尼夫說。

「當然不是！」姆米爸爸叫道：「在那時候，這些事真的發生了！字字屬實！當然，我也許對於某些事情稍微強調了一下……」

史尼夫說：「我只想知道，我父親的收藏品後來怎麼了。」

「什麼收藏品？」姆米爸爸說。

「他的鈕釦收藏啊，」史尼夫說：「羅德佑是我爸爸，對不對？」

「當然是。」姆米爸爸回答。

「那麼，我只想知道他那些珍貴收藏品的下落，我應該擁有繼承權。」史尼夫表示。

「喝，哼。就像我父親常說的，」司那夫金說：「為什麼不多寫點約克薩的事情呢？他現在在哪裡？」

「做父親的總是讓人摸不透，」姆米爸爸含糊的揮揮手說：「他們來來去去……反正，我記錄下他們，對他們的子孫也有所交代了。」

史尼夫悶哼一聲。

「約克薩也不喜歡公園管理員，」司那夫金若有所思的說：「只要想到這一點……」

大家在草地上伸展著雙腿，閉起眼睛遮擋太陽。天氣溫暖，令人昏昏欲睡。

「爸爸，」姆米托魯說：「在那個時代，大家講話真的都那麼不自然嗎？像是

『讓我們驚喜交加』、『喜孜孜的』和『腦中浮現』等等。」

「這一點都不會不自然，」姆米爸爸生氣的說：「你以為寫作和講話一樣嗎？」

「你有時候就是這樣。」他兒子反駁：「比方說羅德佑的部分，你就讓他正常講話嘛。」

「那有什麼關係！」姆米爸爸說：「那叫作鄉土色彩。嗯，描述一件事情和真正思考它很不一樣。我是說，觀點和描述不該混為一談，這和你的感觸也有關係……我想……」姆米爸爸暫時停住，拿起回憶錄翻了幾頁，「你覺得我用的字眼太冷僻嗎？」他問。

「我想這倒是沒有關係，」姆米托魯說：「年代已經那麼久遠了，我們也都能猜出你的意思。還有新寫好的內容嗎？」

「還沒有，」姆米爸爸回答：「不過，可怕的事情就要發生了，我就快寫到愛德華水怪和可怕的莫蘭。我的筆呢？」

「在這裡。」司那夫金說：「我說，再多寫一點約克薩的事情吧，不要漏掉任何內容！」

姆米爸爸點點頭，便把作業簿放在草地上，提起筆來。

＊

就在那個時候，我首次體驗木工。這份特殊才能一定是與生俱來的，可以說我就是個天生的木匠。不過，我的第一件作品普普通通。我在充當停船場的空地挑了一塊漂亮的木頭，又找到一把小刀，便開始雕刻我引以為傲的裝飾旋鈕，準備日後裝到船長屋的屋頂上。它的形狀像洋蔥，上面覆蓋著整齊的鱗片，就像魚一樣。

可惜老豪對於這個船上的重要裝飾沒說什麼，他一心只想著首航的事情。

「海羊交鄉號」完工了。它被放置在四個膠輪上，以便在崎嶇的沙岸中前行，並在陽光下閃爍著亮麗的紅色。老豪戴著一頂鑲有金邊的船長帽，爬進了船身下方。他很擔心。我聽到他咕噥著：「船卡住了，就像我想的一樣，這下可好了。」老豪爬進「海羊交鄉號」下方的時候，話特別多，這表示他非常擔心。

「你看看你，又動起來了。」約克薩打了個哈欠說：「喝，呼！我過的是什麼生活啊！無止境的變化、建造、拆除和做白工。這麼多的活動有害健康。光是想到人們工作、忙碌、喧嚷，以及這麼做的後果，就讓我沮喪不已。我有個表哥苦讀三角函數，讀到鬍鬚都掉光了，好不容易學有所成，卻被莫蘭一口吞掉，進到莫蘭的肚子裡才終於開了竅！」

約克薩的發言讓人很自然的聯想到司那夫金，他後來也奉行相同的閒散哲學。司那夫金神祕的父親從來不去管真正值得擔心的事情，他甚至無意留名青史，要是我沒有把他寫進我的回憶錄裡，他還真的會消失在歷史中了。總而言之，約克薩又打了一個哈欠說：「我們什麼時候啟程？喝，呼。」

「你也要一起來嗎？」我問。

「當然了。」約克薩語帶驚訝的說。

「真是不好意思，」羅德佑說：「但我心裡剛好也是這麼希望的……我再也不能忍受住在咖啡罐裡了！」

「你不想住了嗎？」我說。

「紅色油漆塗在金屬罐上很難乾得了！」羅德佑解釋道：「很抱歉！它滴到我的食物和床上，還有我的……我要瘋了。豪德金，我要瘋了！」

「去收拾行李。」老豪告訴他。

「老天！」他姪子叫道：「我的天，我有好多好多事情要做！這麼長的旅程……完全嶄新的人生……」羅德佑急忙跑開，在地上留下一道紅色痕跡。

在我看來，我們的團隊不怎麼可靠。

不過，「海羊交鄉號」依舊卡在原地：膠輪深陷在泥土裡，船身連一公分都沒移動。我們把空地全都挖過一遍，可是一點用也沒有。老豪坐下來，把臉埋在雙手裡。

「老豪，別傷心了。」我說。

「我不是傷心，我是在思考，」豪德金回答：「船卡住了，你不能推它入河，那麼，就得把河帶到船前面來。怎麼做呢？你得改變它的流向。怎麼做呢？得先造水壩擋住水。怎麼做呢？只能堆石頭建成水壩。」

「怎麼做呢？」我幫他繼續自問自答。

「不！」老豪用力大叫，我嚇得跳起來，「把愛德華水怪找來，讓他坐在河裡。」

「他的屁股有那麼大嗎？」

「更大，」老豪簡略的說：「你有月曆嗎？」

「沒有。」我說完後也興奮了起來。

「前天喝豌豆湯，今天洗澡。」老豪努力回想：「很好，趕快來，姆米！」[1]

「水怪很凶猛嗎？」走向河岸的途中，我小心的提問。

1 作者注：他們都會在禮拜四享用豌豆湯，並且在禮拜六洗澡。

「是的，」老豪回答，「不過，他們是不小心才會踩死你，還會為此哭上一整個禮拜，並且自掏腰包舉辦葬禮。」

「被踩扁以後，不管做什麼都很難挽回了。」我喃喃自語，覺得自己很勇敢。親愛的讀者，我問你，如果你不害怕，不就很容易勇敢了嗎？

豪德金突然停下腳步，開口說：「這裡。」

「哪裡？」我納悶，「他住在這座塔裡嗎？」

「那不是塔，是他的腳。」老豪解釋：「安靜點！我得大聲喊叫。」於是，他用最大的音量吼著：「喂，上面的！我是豪德金！愛德華先生，你今天要去哪裡洗澡？」

天上傳來雷聲一般的回答：「在海裡，跟以前一樣，你這個沙蚤！」

「試試到河裡洗吧！舒服柔軟的細沙河床喔！舒服又柔軟！」老豪喊道。

「滿口胡言亂語，」愛德華水怪說：「連地鼠都知道，這條小爛河裡都是小爛石頭！」

「不！是細沙河床！」豪德金大叫。

水怪低吟了一陣子，才說：「好吧！我會去你的小爛河裡洗澡。讓開！我已經沒有錢再舉辦葬禮了。如果你這隻土鱉絆倒我，就得自己掏錢幫自己舉辦葬禮！你知道我的腳非常敏感，我的屁股就更不用說了！」

老豪只小聲的說了一個字：「跑！」

於是我們拔腿就跑，我這輩子從沒跑得那麼快過，一路上，我一直想著愛德華水怪巨大的屁股坐在尖尖的石頭上，暴怒又發飆，掀起了大浪洪水，這景象強勁又危險，讓我想要放棄一切希望。

突然間，傳來讓人脖了發麻的怒吼！接著是一陣呼嘯而過的強風！洪水從森林裡翻湧而來……

「大家趕快上船！」豪德金喊道。

我們拚了命的往停船場跑，水花追著我們的腳跟，

尾巴差點卡進欄杆，還沖倒了在甲板上睡覺的約克薩。只見白沫激流淹沒了一切，「海羊交鄉號」幾乎是上下歪斜，恐懼的嘎吱作響。

才一眨眼的時間，這艘堅固的船就在青苔地上穩住，以穩定的速度航向樹林。船槳大聲呼嘯，螺絲轉動，我們的齒輪終於順利運作！老豪平穩的駕著船，帶領我們安全的穿梭在林間。

這真是無與倫比的下水典禮！花朵和樹葉如雨滴般灑落在甲板，讓「海羊交鄉號」在華麗的場景中成功一躍，滑入河裡，它輕快的揚起船槳，在河裡乘風破浪。

「小心沙洲！」豪德金喊著，他打算直接衝過去，試試鉸鍊船輪的性能。我目不轉睛的盯著河面，只看到遠方有個紅色罐子載浮載沉。

「有個罐子。」我說。

「這讓我想到了某人，」約克薩說：「裡面也許住了像羅德佑這樣的人。」

我轉向老豪：「你忘了你的姪子！」

「哎呀，我怎麼會忘記了！」豪德金說。

我們隨即看到羅德佑紅通通又濕漉漉的臉探出罐子邊緣。他拚命揮舞著雙手和耳朵，顯然就快被自己的圍巾勒昏了。

我和約克薩靠著欄杆，俯身拉住罐子。上面不僅有黏黏的油漆，還非常沉重。

「小心甲板。」我們將罐子拉上船的時候，老豪開口了：「我親愛的姪子，你還好嗎？」

「我真是瘋了！」羅德佑說：「想想看！洪水沖散了我的行李……所有東西都翻倒了！我丟了我最好的窗鉤，就連菸斗的通條可能也不見了。害得我神經都要錯亂了，我的收藏品也是……噢，命運真是捉弄人！」

沒多久，羅德佑便興高采烈的用新方式排列他的鈕釦收藏，而「海羊交鄉號」繼續平穩的航行著，輕輕的在河面上濺起水花。我坐到老豪身邊，對他說：「真心希望我們再也不會見到愛德華水怪。你覺得，他現在是不是非常生我們的氣？」

「肯定非常生氣。」老豪回答，點燃他的菸斗。

第三章

我人生首次的英雄救人事蹟、事件驚險的結果和個人感想，還有對小搗蛋的描寫

我們順流而下，將草地和熟悉的樹林遠遠的拋在身後，萬物變得巨大又陰暗。怪異的動物在陡峭的河岸駐足，發出吼叫，還打噴嚏。所幸「海羊交鄉號」上有幾個值得信賴的人，我指的是我和豪德金。約克薩對任何事都不在乎，而羅德佑只關心他的咖啡罐。我們把它放在前甲板上，在太陽底下慢慢晒乾。可是，我們沒辦法把羅德佑清洗乾淨，就我所知，從此以後他一直都帶點粉紅色。

河船緩慢的破浪前行，上頭裝飾著我的鍍金屋頂旋鈕。這當然是因為老豪的船上剛好剩下一些金色油漆，如果他忘了準備這麼重要的東西，我倒是會相當意外。

我多半坐在船長室裡，看著兩岸奇異的山峰，有時敲敲氣壓計，或在船橋上來回踱步運動一下，沉浸在遐思中。

我特別喜歡想起亨姆廉太太，要是她看見我乘船冒險，不知道會有多麼震驚。事實上，這是她應得的報應！

某天晚上，我們駛入了深沉又荒涼的海灣。

「我不喜歡這海灣的樣子，」約克薩有感而發：「它讓我有不祥的預感。」

「不祥的預感！」豪德金用一種形容不出的腔調說：「姪子！我們放下船錨吧。」

「是的，是的，船長。馬上來！」羅德佑大喊，隨手將我們的鍋子丟到海裡。

「鍋子裡是我們的晚餐嗎？」我問。

「恐怕是的！」羅德佑幾乎要哭出來的說：「不好意思！我太容易拿錯東西了！都怪我太興奮……不過，我可以請你們吃果凍，如果找得到的話……」

這就是典型的羅德佑。

約克薩站在欄杆上，睜大眼睛看著岸邊。暮色快速的落在一排又一排綿延至地平線的山脊。

「你的不祥預感還在嗎？」我問道。

「安靜點！」約克薩說：「我聽到那裡有聲音……」

我豎起耳朵，但只聽到索具上微弱的風聲。

「沒什麼大不了的，」我說：「進來吧！我們來點亮煤油燈。」

「我找到果凍了！」羅德佑從他的罐子裡跳出來，雙手捧著一個盤子。

就在這個時候，一陣淒厲的聲音劃破夜晚的寧靜，可怕的哀號令我們寒毛豎起。羅德佑為此崩潰大哭，還將盤子摔在地上。

「是莫蘭，」約克薩說：「她在唱晚獵曲。」

「她會游泳嗎？」我問。

「沒有人知道。」豪德金回答。

莫蘭在山間找尋獵物。她的哭嚎是我聽過最寂寞的聲音。時而減弱，時而靠近，有時則是完全靜默，而她安靜的時候更可怕。你腦中可以清楚浮現她的影子在月光下奔馳的景象。

甲板上的氣溫變低了。

「你們看！」約克薩叫道。

有人急奔到水邊，在沙灘上跳來跳去。

「那個人，」豪德金憂鬱的說：「就要被活生生的吃掉了。」

「這種事絕不能在姆米眼前發生！」我喊著：「我要去救他！」

「你來不及的。」老豪說。

可是我心意已決，站上欄杆，開口說道：「一個無名的冒險家不求墳上掛花圈，但希望能刻著兩個哭泣亨姆廉的花崗岩紀念碑！」說完，我便跳入黑水中，沒想到竟然「鏘！」一聲撞到羅德佑的鍋子。我倒出裡面的愛爾蘭燉肉，再用鼻子推著鍋子，以魚雷一般的速度向岸邊衝過去。

「撐住啊！」我大叫：「姆米來救你了。唯有腐敗的國家才會放任莫蘭到處吃人！」

只見山上沙石紛飛……莫蘭的歌聲已經停止了。四周只剩下粗魯的喘氣聲，越來越近，越來越近……

「到鍋子裡來！」我對那不幸的傢伙大叫。

那人縱身一躍，鍋子隨即往下一沉。黑暗中有東西觸碰到我的尾巴……我把它甩開……喝！輝煌的行動！獨力完成的事蹟！我展開英雄式的旅程往「海羊交鄉號」游去，我的朋友都站在船上，興奮的屏住呼吸等我歸來。

被我救起的人很重，非常重。

我使盡全力的游，一邊拍打著水面，一邊游著狗爬式。我像一陣姆米旋風掠過水面，被拉上船，翻滾到甲板上，再將我拯救的人從鍋裡倒出來。整個過程中，莫蘭只能待在沙灘上，以嚎叫表示她的失望和飢餓，原來她不會游泳。

此時，豪德金點亮煤油燈，查看我救起的人是誰。

我相信這是我多災多難的年輕歲月裡最不堪的時刻。濕漉漉坐在甲板上的不是別人，正是亨姆廉太太。套句那時人們常說的話：「這是什麼景象啊！」

我救了亨姆廉太太一命。

我嚇了一跳，本能的將尾巴豎成四十五度角，隨即想起我已經是自由之身了，於是便冷淡的說：「真的！哎呀！真令人驚喜！難以置信！」

「相信什麼？」亨姆廉問著，甩掉她雨傘上的愛爾蘭燉肉。

「沒想到我會救妳一命！」我激動的說：「我是說，妳的命居然會讓我救回來。妳有沒有收到我的道別信？」

「年輕人，我從來沒見過你，」亨姆廉太太冷漠的說：「也沒收到你寫的什麼信。你可能忘了貼郵票，或者寫錯地址，要不就是忘記投進郵筒。如果你會寫字的話……」她拉好帽子，又親切的補充道：「不過，你絕對是個游泳高手。」

「你們兩個認識嗎？」約克薩謹慎的問道。

「不，」亨姆廉太太說：「我是亨姆廉的姑姑。是誰把黏答答的果凍弄得滿地都是？你，耳朵長長的那位，給我一塊抹布，我來幫你們擦乾淨。」

豪德金（因為她命令的對象是他）拿著約克薩的睡衣跑過來，亨姆廉姑姑就直接用來擦拭甲板。

「我很生氣，」她解釋道：「這種時候只有打掃能讓我好過一點。」

我們無言的看著她。

「我不是告訴過你們，我有不祥的預感嗎？」最後，約克薩喃喃自語。

此時，亨姆廉姑姑用她醜陋的鼻子對著我們，說道：「安靜，就是你，拜託了。你還太小，不能抽菸。你應該喝牛奶比較健康，雙手才不會一直抖，鼻子也不會那麼黃，尾巴更不會禿光光。救我一命算你們運氣好。我們來將這裡整理乾淨！」

「我得上樓去瞧瞧。」豪德金馬上表示。他一溜煙的逃進船長室，並把門鎖起來。

水銀氣壓計因為震動過度，下降了四十

個刻度，一直到小搗蛋出現後才又升起來。我現在就要告訴你們小搗蛋的事情。

可是，由於我們一點都不指望會躲開磨難，所以我深信沒有人是贏家。

*

「就這樣，目前我只寫到這裡。」姆米爸爸恢復正常的口氣說，然後從回憶錄裡抬起頭來。

「嗯，」姆米托魯說：「我已經開始習慣爸爸會突然丟出一句奇怪的轉折句。那一定是個很大的鍋子……爸爸的書完成後，我們會變得很有錢嗎？」

「非常有錢。」姆米爸爸認真的回答。

「那麼，我想我也有一份。」史尼夫提議：「畢竟姆米爸爸將我父親羅德佑寫成英雄！」

「約克薩才是英雄，」司那夫金說：「想想看，我直到現在才知道我爸爸有多麼傑出！他和我很像，這種感覺真好。」

「你們的爸爸只不過是配角！」姆米托魯叫道，還從餐桌下踢了史尼夫一腳，「他們能被提到，就應該要感到很高興了！」

「你竟然踢我！」史尼夫大叫，他的鬍鬚都豎起來了。

「你們在做什麼？」姆米媽媽從客廳問道：「有人不開心嗎？」

「爸爸在說『他的』故事，」姆米托魯解釋道，刻意加重語氣強調。

「嗯，你們喜歡嗎？」姆米媽媽問。

「棒極了！」她兒子說。

「就是說啊！對不對，」姆米媽媽附和道：「不過，不要念那些會讓小孩對我們印象不好的內容，這個時候，只要說『跳過、跳過、跳過』就好了。你要抽菸斗嗎？」

「不要讓他抽菸！」史尼夫叫道：「亨姆廉姑姑說抽菸的人會有發抖的雙手、黃鼻子和禿尾巴！」

「是嗎？」姆米媽媽說：「可是姆米爸爸抽了一輩子的菸，也沒有發抖、變黃或是變禿啊。好東西都對你有益處。」

於是，她幫姆米爸爸點燃菸斗，打開窗戶讓晚風吹進來，接著便吹著口哨，走進廚房煮咖啡。

「姆米爸爸怎麼能在開船時忘了羅德佑呢！」史尼夫用責備的口吻說：「他的鈕釦收藏有重新分類好嗎？」

「噢，不只一次，」姆米爸爸回答：「他一直在發明新的分類系統，依照顏色、大小、形狀、材質，還有他偏愛的程度。」

「太好了。」史尼夫夢囈似的說。

「我擔心的是，我父親的睡衣沾滿了果凍，」司那夫金說：「那他要穿什麼睡覺呢？」

「穿我的。」姆米爸爸說完，向天花板吐出一團煙霧。

史尼夫打了個哈欠。「想要去抓蝙蝠嗎？」他問。

「好啊！」司那夫金說。

「爸，等會見了。」姆米托魯說。

姆米爸爸留在陽台餐廳。他坐著沉思了一會兒，便繼續提筆寫下他年輕的故事。

*

隔天早上，亨姆廉姑姑精神特別好，六點就起來嚷著：「早安！早安！早安！現在要開始新的一天！我們來場縫補襪子大賽，怎麼樣？我看過你們的衣櫃了。獎品是具有教育性的遊戲。非常有用。今天的健康早餐是什麼？」

「咖啡。」羅德佑說。

「麥片，」亨姆廉姑姑說：「咖啡是給老人家喝的。」

「我知道有個年輕人因為吃麥片而喪命，」約克薩喃喃的說：「它卡在喉嚨裡，把他給嗆死了。」

「如果你們的父母看到你們喝咖啡，不知道會怎麼說，」亨姆廉姑姑說：「他們肯定會傷心流淚。不過，我想你們從小家教就不好，或者根本沒有教養，要不就是完全教育不了。」

「我誕生於特別的星象之下，」我趁機開口：「還被人發現躺在墊了絲絨的小貝殼裡。」

「我根本不想被教育。」豪德金斬釘截鐵的說：「我是發明家，想做什麼就做什麼。」

「不好意思！」羅德佑說：「但我父母是不會哭的，絕不會！他們在春季大掃除的時候失蹤了。」

約克薩挑釁的裝好菸斗裡的菸草，開口說道：「哈！我不喜歡教條。它們只會讓我想到公園管理人。」

亨姆廉姑姑意味深長的凝視著我們，並且緩慢的開口：「從現在開始，我會照顧你們。」

「妳不用這麼費心。」我們異口同聲的叫道。

可是她搖搖頭，吐出那可怕的字眼：「這是我身為亨姆廉的義務。」她說完便離開現場，顯然是去思考有什麼具教育性又折磨人的事情了。

我們蜷縮在船尾的遮陽棚底下，試圖安慰彼此。

「我以我的尾巴發誓！」我說：「再也不要隨便去救不認識的人了。」

「太遲了，」約克薩說：「這個姑姑什麼事都做得出來。總有一天，她會丟了我的菸斗，強迫我去做苦工！我相信她什麼事都做得出來。」

「也許莫蘭會再回來？」羅德佑滿懷希望的小聲說：「或者，會有別人大發慈悲的吃掉她？不好意思，我很殘忍嗎？」

「是的。」老豪說。沒多久，他又由衷的補充道：「不過，這話也有幾分道理。」

我們陷入了沉默和自憐當中。

「要是我們是偉人就好了！」我說：「偉大又出名！如此一來，有個這樣的姑姑就不是什麼大不了的事情了！」

「要怎麼出名呢？」羅德佑問。

「噢，那非常簡單，」我說：「你只要做一件以前從來沒有人做過的事情……或者用新方式做大家都知道的事情……」

「例如？」約克薩說。

「會飛的河船。」老豪喃喃自語，他的小眼睛閃爍著奇異的光彩。

「我認為出名很無聊。」約克薩表示：「也許一開始很好玩，可是當你習慣了以後，它很快就會讓你不舒服，就像坐旋轉木馬一樣。」

「那是什麼東西？」

「一種引擎，」老豪急切的說：「用幾個齒輪，交錯嵌在一起。」他拿起紙筆說明。

老豪對機械的熱情每次都讓我驚豔。引擎令他著迷，機械則讓我忐忑不安，水車還算有趣又可以理解，但就連拉鍊這種小機關都會讓我不自在。約克薩認識一個人褲子上有拉鍊，有一天拉鍊卡住了，再也沒有人能拉開。真是太恐怖了！

我正想開口和大家討論我對拉鍊的想法時，我們卻聽到一陣奇怪的聲音。

那是低沉又苦悶的嚎叫，就像有人在遠處的一個錫管裡嘶吼一樣，但音調無疑是凶狠的。

豪德金往遮陽棚外看去，說出了不吉利的三個字：「小搗蛋！」

這裡可能需要簡短的說明，不過只要是明智的人都知道這些事情。我們在遮陽棚下休息時，「海羊交鄉號」緩慢流進河口，來到小搗蛋的巢穴。小搗蛋是群居動物，討厭落單。他們住在河床底下，用他們的「眼牙」挖地道，建立快樂的聚落。小搗蛋腳上有吸盤，會留下黏稠的痕跡，因此有些人錯把他們稱呼為小黏蛋。

小搗蛋本性善良，只不過他們無法克制自己不啃咬東西，尤其是他們從未見識過的物品。他們還有一個非常不幸的特點：如果有人覺得自己的鼻子太大，他們就會咬掉它。很明顯的，我們當中有些人會為此有點緊張。

「留在罐子裡！」老豪對他的姪子叫道。

「海羊交鄉號」穩穩的停在一大群小搗蛋當中。他們睜著藍色的圓眼睛盯著我們，還兇狠的揚著鬍鬚，用力踐踏起水花。

「請讓我們通過。」豪德金說。

可是，小搗蛋只是越來越靠近，有些已經抬起他們附有吸盤的腳，往船上爬來。

當第一隻小搗蛋從欄杆上露臉時，亨姆廉姑姑剛好從船長室裡走出來。

「這是怎麼回事？」她問：「這些傢伙是誰？我可不能讓他們上船，破壞我們的教育遊戲！」

「不要驚嚇他們！他們會生氣。」豪德金說。

「我才要生氣呢！」亨姆廉姑姑說：「走開！走開！滾蛋！」接著，她開始用雨傘敲打離她最近的小搗蛋的頭。

突然間，所有的小搗蛋全都轉頭看著亨姆廉姑姑，他們顯然都在想著她的鼻子。等他們想得夠久，便又發出那種像是悶在錫管裡的奇怪吼叫。突然間，一切發生得又急又快。

成千上萬的小搗蛋簇擁上船，我們眼睜睜看著亨姆廉姑姑失去平衡，摔得四腳朝天，倒在一大片毛茸茸的小搗蛋上面，瘋狂的揮舞著雨傘。她尖叫幾聲，便摔到欄杆外頭，和小搗蛋一起消失在未知的目的地。

一切又歸於平靜，「海羊交鄉號」也繼續向前行駛，彷彿不曾發生過任何事情。

「這個嘛，」約克薩說：「你們不去救她嗎？」

我帶著騎士精神，本能的想衝去救她，可是內心的劣根性又告訴我沒這個必要。我喃喃的說著已經太遲了，事實上也的確如此。

「嗯。」老豪不確定的附和著。

「那麼，她完蛋了。」約克薩說。

「真是個遺憾的故事。」我說。

「不好意思，是我的錯嗎？」羅德佑誠懇的詢問：「畢竟，我曾希望有人能大發慈悲的吃掉她。我們一點都不傷心，這樣是不是很邪惡呢？」

沒有人回答。

親愛的讀者，我問你們，在這樣尷尬的情況下，你會怎麼做呢？

我救過亨姆廉姑姑一次，不是嗎？而且莫蘭要比小搗蛋可怕得多。小搗蛋沒有那麼壞，事實上……也許她還滿喜歡這樣？或許她的鼻子小一點會比較好看？你們難道不這麼想嗎？

總而言之，小搗蛋的腳把地板弄得黏答答，於是我們在和煦的陽光照耀下開始洗刷甲板，又享用了一大堆濃郁美味的黑咖啡。

「海羊交鄉號」繼續穿梭在幾百座平坦的小島中，向前航行。

「這些島嶼真是沒完沒了，」我說：「我們要去哪裡？」

「哪裡都行……或者說，哪裡都不去也好，」約克薩說，一面把菸草裝進菸斗，「有什麼問題嗎？一切都還好吧？」

我不能否認一切都很好，可是，我想到達某個地方！我想看見新的事情發生。任何事都行，只要夠新鮮就好！

我有種恐懼的感覺，在我不在的地方，許多偉大的冒險正在持續發生，多采多姿的超級冒險不會為了我再發生一次。我得趕快加緊腳步！我坐在船頭展望我的未來，一面整理出我的經驗之談。目前為止有七點，羅列如下：

一、盡量在適當的星象中生下姆米寶寶，讓他們浪漫的來到這個世界！（正例：天才的我。反例：購物袋。）

二、有事可忙的人不喜歡聽到關於亨姆廉的一切。（正例：豪德金。反例：刺蝟太太。）

三、你永遠預想不到魚網會撈到什麼！（正例：豪德金的羅盤針櫃。）

四、不要因為有剩餘的油漆，就把東西重新上色。（反例：羅德佑的咖啡罐。）

五、體積大的動物不一定危險。（正例：愛德華水怪。）

六、小動物也可以很勇敢。（正例：我自己。）

七、不要隨便亂救人！（反例：亨姆廉姑姑。）

我就這樣坐著歸納出以上的人生大道理，河船繞過了群島中的最後一座小島，突然間，我的心臟快從喉嚨跳出來了，我大叫：「老豪！前面是大海！」

終於有事情發生了，我的眼前是一片閃亮湛藍又驚險無比的大海。

「它太大了，」羅德佑說完，便躲到他的罐子裡，「不好意思，它閃亮得刺痛了我的眼睛，無法思考！」

然而，約克薩卻大叫：「它多蔚藍、多柔和啊！讓船一直向前航，我們都上床睡覺，永遠不要到達任何地方……」

「像溜溜一樣。」豪德金說。

「像什麼？」我問。

「溜溜。」老豪又講了一次，「他們一直旅行……不安定也不休息。」

「我們不一樣。」約克薩滿足的說：「我非常需要安定和休息，而且我喜歡睡覺。溜溜從不睡覺，因為他們不會睡覺，也不說話，只是一心想要抵達地平線。」

「他們當中有人成功過嗎？」我打了個寒顫問道。

「沒有人知道。」約克薩聳聳肩說。

我們在岩岸拋下船錨休息。即使在寫作的此刻，我小聲念出「我們在岩岸拋下船錨休息」這幾個字，還是會有一種刺激感爬上背脊。我人生第一次看見紅色的岩石和透明的水母，那些奇怪的氣球狀小東西居然會呼吸，還有花朵形狀的心臟。

我們上岸蒐集貝殼。

豪德金堅稱他登陸是為了查看下錨的地點，但我覺得他對貝殼也很感興趣。我們在岩石間找到一小塊沙灘，羅德佑發現每顆小石頭都像小球或雞蛋一樣又圓又滑，他內心充滿收藏家的喜悅，從頭頂拿下平底鍋，蒐集、蒐集、再蒐集。清澈綠水下的沙岸激起小小的波紋，岩石被太陽晒得暖烘烘的。海風都回家躲了起來，遠方看不見地平線，四處明亮耀眼。

在那個年代，世界要寬闊得多，渺小的事物都比今日來得小巧可愛，而且更適合我——如果你懂我的意思。

這個時候，我發現一個似乎很重要的新看法。熱愛海洋一定是姆米的天性，我很高興看到我兒子也遺傳到這一點。

可是，親愛的讀者，請注意，結果反而是海灘喚起了我們心中的喜悅。在遠洋中，姆米會覺得地平線太過寬廣，在某種程度上，我們比較喜歡變化無常、意外和特別的事物，像是一半是陸地、一半是海水的海灘；同時黑暗、同時光亮的落日時分；或是時而寒冷、時而溫暖的春天。

此時，夜幕再度低垂。它緩慢小心的籠罩大地，讓白日有足夠的時間入眠。西邊天空的小雲朵四散分布，恍若吹散的鮮奶油，倒映在平靜無波，看起來無辜善良的海面上。

「你曾經像現在這樣，這麼近距離的看過雲朵嗎？」我問老豪。

「有，」他回答：「在書裡。」

「我相信它們很像奶酪。」約克薩說。

我們坐在岩石上聊天，空氣充滿海草的腥味和海洋本身的味道。我太高興了，根本不在乎此情此景能否一直長久。

「你覺得開心嗎？」我問。

Tove

「有一點。」老豪喃喃自語，看起來還有點害羞。就我所知，他是非常的開心。

就在這個時候，我看到一整批小船艦隊向海洋出發。他們像蝴蝶一般輕盈，越過自己的倒影，往前划去。船員全都寂靜無聲，只有一大堆灰白色的生物擠在一起，朝著地平線前進。

「溜溜，」豪德金說：「電動航行。」

「溜溜，」我興奮的低聲說：「旅行，旅行，永遠沒有目的地……」

「他們靠暴風雨充電，」豪德金說：「像蕁麻一樣會刺人。」

「他們過著邪惡的生活。」約克薩告訴我們。

「邪惡的生活？」我興致勃勃的重複他的話：「怎麼說？」

「我不是很清楚，」約克薩說：「我想，大概就是踐踏別人的花園和喝啤酒之類的事情。」

我們在那裡坐了很長一段時間，看著一船又一船的溜溜航向地平線。我心中升起一種奇怪的渴望，想要加入他們一起旅行，一同過著邪惡的生活。但我沒有說出口。

「那麼，明天有什麼計畫呢？」約克薩突然問：「我們也要駛向遠洋嗎？」

豪德金看著「海羊交鄉號」。「它是艘河船，」他猶豫的說：「只有槳輪，沒有風帆……」

「我們丟錢幣決定。」約克薩說完便站起來，「羅德佑！借我們一顆鈕釦，好不好？」

羅德佑從水裡跳上來，把口袋裡的東西全倒在岩石上。

「親愛的姪子，一顆就夠了。」老豪說。

「你們自己選，各位！」羅德佑開心的說：「兩個洞，還是四個洞的？骨頭、絨布、木頭、玻璃、金屬，還是珍珠材質？單色、雜色、斑點、圓點、線條，還是方格圖案？圓形、凹形、扁平、八角狀，還是……」

「隨便拿一顆長褲釦子就行了。」約克薩說：「開始了，如果是正面朝上，我們就航向遠洋。正面是什麼樣子？」

「是釦洞。」羅德佑在暮色中吃力的看清楚後說。

「好的，」我說：「但如果丟到反面呢？」

就在這個時候，羅德佑動動鬍鬚，鈕釦掉到岩縫裡不見了。

「不好意思！我的天哪！」他大叫：「再拿另外一個來。」

「不，」約克薩說：「每件事只能擲一次決定。現在，這件事必須落幕，因為我睏了。」

那天晚上我們在船上很不舒服。我躺在床上想要舒展雙腿，毯子卻被某種黏乎乎的東西弄得髒兮兮。門把也是黏呼呼的，牙刷和拖鞋都如此，豪德金的航海日誌還黏稠得打不開。

「姪子，」他說：「你今天沒有好好清理船艙！」

「不好意思！」羅德佑羞愧的說：「我根本沒有清理！」

「我的菸草都黏住了。」約克薩低聲抱怨，他喜歡在睡前抽菸斗。

這種情況真的很麻煩，不過，最後我們還是耐住性子，找個比較乾淨的地方躺下，船長室裡似乎有奇怪的聲響，我們整晚都被它吵得睡不好。

船鐘發出不尋常的宿命之響，將我從睡夢中吵醒。

「起床！起床！快到甲板上來！」羅德佑在我門外大叫：「一片無邊無際的汪洋大海！如此廣闊！我卻把我的擦筆布忘在岸邊了！我小小的擦筆布獨自躺在那裡……」

我們急忙衝上甲板。

「海羊交鄉號」正在海面上平靜又堅決的破浪前行，而且我覺得，它暗地裡有些得意洋洋。

直到今天，我還是不了解兩個齒輪怎麼帶動得了整艘船，在河裡也許還可以，但是在海上是怎麼辦到的？實在相當神祕。不過，每一種說法或多或少都有模糊之處，對不對？如果溜溜能自己發電航行（也有人稱之為渴望或動盪的力量），那麼，一艘船只靠兩個齒輪推動，就不是什麼大不了的事情了。嗯！這件事就留待讀者自行去思索，現在讓我回到故事。老豪正皺著眉頭，看著他斷掉的錨繩。

「我生氣了，」他說：「真正發自內心，我這輩子從來沒有這麼憤怒過。這條繩子被啃斷了。」

我們看著彼此。

「你知道，我的牙齒很小。」我說。

「我根本就懶得咬那麼粗的繩子。」約克薩看了一眼說。

「不是我！」羅德佑喊道，他從來不會責怪別人。我們總是相信他說的話，因為沒有人聽過羅德佑撒謊，他甚至不會吹噓自己的收藏品，即使他明顯的是一名不折不扣的收藏家。我相信羅德佑沒有那種想像力。

就在這個時候，我們聽到身後有咳嗽聲，一轉頭，就看到一隻小小的小搗蛋坐在遮陽棚裡。

「我懂了，」豪德金說：「我懂了。」他又加重語氣說了一次。

「我正在長牙，」小小的小搗蛋害羞的解釋：「我只是得啃個東西。」

「為什要挑上錨繩？」豪德金問。

「它看起來又舊又爛，我以為你們不會介意。」小搗蛋回答。

「那你為什麼偷渡上船呢？」我問。

「我說不上來，」小搗蛋坦白的說：「我有時會生出無法解釋的想法。」

「你躲在哪裡？」約克薩納悶。

小搗蛋明白了他的意思，回答道：「在你那高級的史蒂夫朵林牌羅盤針櫃裡！」

他說得沒錯，羅盤針櫃也全都黏答答的。

「小搗蛋，」我想總結這段意外的對話，「你媽媽發現你逃走，她會怎麼說呢？」

「我確定她會哭。」小搗蛋說。

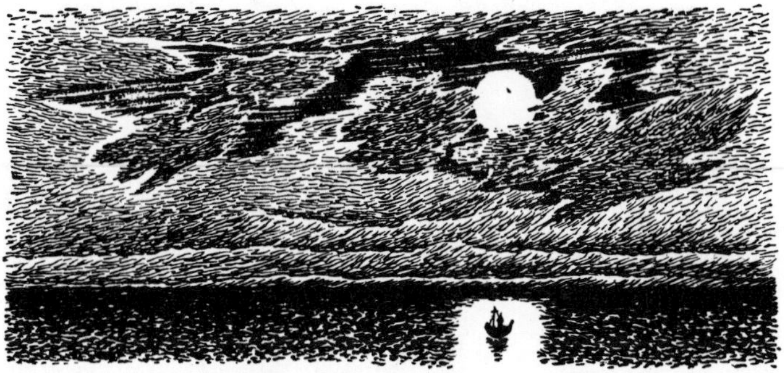

第四章

壯觀的暴風雨讓航海之旅進入高潮，
在一場可怕的意外當中畫下句點

「海羊交鄉號」循著孤獨的航線，乘風破浪。每天所見的景色都一樣：天氣溫暖，令人昏昏欲睡，放眼望去一片湛藍。一群又一群的海幽靈從我們前方游過，我們偶爾會聽見人魚在後方嘻笑，便邀請他們享用麥片。海面上夜幕低垂時，我喜歡幫豪德金掌舵。月光照亮的甲板在前方上下擺動，寧靜的氣氛、動盪不停的波浪，還有地平線肅穆的光圈，此情此景都讓我有一種微妙又興奮的感覺，覺得自己很重要，但又十分渺小。也許前者的情緒比較強烈一點。

有時約克薩和我一起坐在船尾，我可以看到他的菸斗在黑暗中閃著紅光。

「你得承認，什麼都不做還滿有意思的。」某天晚上他對我說，然後往欄杆上敲掉菸灰。

「什麼都不做嗎？」我問：「我在駕船，而你在抽菸。」

「你把船開去哪裡都行。」約克薩說。

「那是另一回事。」我回答。即使當時年紀尚輕，我也很懂得邏輯，「我們講的是做事情，而不是做什麼事情。你又有不祥的預感了嗎？」我擔心的問道。

「沒有。」約克薩打了個哈欠，「喝，呼。我們去哪裡都一樣。所有地方都行。晚安，明天見。」

「好啊，晚安！」我回答著。

到了清晨，老豪來跟我換班，我把約克薩對身處何處毫不在意的奇怪想法告訴他。

「這個嘛，」老豪說：「也許他其實對每件事都感興趣，只不過他不誇大。對我們每個人來說，都有一件最感興趣的事情：你想要成為誰，我想要成就什麼，而我姪子想要擁有事物，但約克薩只是活著。」

「只是活著？」我說：「這種事任何人都做得到。」

「沒錯！」老豪說完，便如往常般陷入沉默，並拿出筆記本，畫出許多像蜘蛛網和蝙蝠的奇怪機械設計。

總之，我還是覺得約克薩的態度有點隨便。我的意思是，只是活著？活著是每個人都在做的事情，不是嗎？根據我對這個問題的理解，你隨時都被許多重要的事物包圍著，等者你體驗、思考，或者克服。這世界有無限的可能性，光憑想像就足以讓人豎起寒毛。而我就身處在那麼多可能性當中，當然，這一點很重要。

現在，我有點擔心機會不如往常那麼多了。我不知道為什麼會這樣。無論如何，我身處在機會中，這讓我感到安慰。

當天稍晚，羅德佑想到，我們應該發個電報給小搗蛋的母親。

「沒有地址，也沒有電信局。」豪德金說。

「噢！也對！」羅德佑叫道：「我真是笨！不好意思！」之後他又困窘的躲進他的罐子裡了。

「電信局是什麼？」和羅德佑一同待在罐子裡的小搗蛋問：「它可以吃嗎？」

「別問我！」羅德佑說：「它是個很大、很複雜的東西。你可以在那裡寄訊號到地球的另一邊……訊號會轉為文字！」

「要怎麼寄呢？」小搗蛋說。

「透過空氣！」羅德佑揮舞手臂，不清不楚的解釋著：「沒有一個訊號會遺漏！」

號。

「我的天哪！」小搗蛋震驚的說。那天之後的時間，他都伸長著脖子尋找電信訊號。

下午三點左右，小搗蛋看到一朵巨大的雲。它離海面很近，粉白如毛絮，看起來相當不自然。

「圖畫書上的雲。」豪德金說。

「你看過圖畫書嗎？」我吃驚的問。

「當然，」他回答，「我看過的書叫作《越洋的旅程》。」

那朵雲迎著風，從我們頭上飄過，轉眼間它又停了下來。

突然間，怪事發生了，而且詭異得不得了：那朵雲轉了一圈，開始尾隨我們。

「不好意思，雲是友善的嗎？」羅德佑擔心的問。

沒有人能對此發表意見。那朵雲起先跟在船後，不久便加快了速度，它翻越欄杆，輕輕降落在甲板上，完全蓋住了羅德佑的咖啡罐。接著它調整姿勢讓自己舒服一點，開始在欄杆之間來回搖晃，最後完全下降。我用我的尾巴發誓，這朵雲就在我們眼前睡著了。

「你見過這種事情嗎？」我問老豪。

「從來沒有。」他斬釘截鐵的回答。

小搗蛋走過去咬了雲朵一口，聲稱它嘗起來就像媽媽在家使用的橡皮擦。

「不過，它很柔軟。」約克薩說。他在上面挖了一個合身的洞，就睡了進去，雲朵馬上將他包圍起來，就像一床舒服的羽絨被。這朵雲似乎很喜歡我們。

不過，我們的冒險卻因為這位奇怪的新朋友而延期了。

當天夕陽西沉之前，天空呈現怪異的風貌。它變成黃色，卻不是令人舒服的黃，而是骯髒又怪異的色澤。地平

線那端有一排黑雲形跡可疑，來勢洶洶，令人擔憂。

我們全都坐在遮陽棚下。羅德佑和小搗蛋已經成功將他們的咖啡罐推到船尾，因為甲板上的陽光太強了。

海面翻滾成灰黑色，太陽則變得朦朦朧朧，海風發出急切的聲響。海幽靈和人魚全都消失無蹤。我們不免有點擔心。

老豪看了我一眼，開口說：「姆米，去看看水銀氣壓計。」

我越過甲板上正在睡覺的雲朵，用力打開通往船長室的門。你想想看我有多恐懼，因為我看到氣壓計的讀數是六百七十，那是水銀氣壓計最低的數值！

我感到自己急得連鼻子都僵硬了，心想：「我一定臉色發白……白得跟白紙或石灰一樣。」我快速爬回船尾大叫：「你們看到了嗎？我蒼白得像白紙一樣！」

「我確定你看起來和往常一樣，」約克薩說：「氣壓計顯示幾度？」

「六百七十度。」我回答，可想而知，我心裡有點受傷。

一個人一生中遇到的戲劇性高潮，卻往往因為別人隨便一句貶低的話而一落千丈，這總是令我不可置信。就算不是有意刁難，也不能否認這是非常輕率的行為。我認為，在窘境中，我們都應該要好好把握機會，部分是因為要增加我之前提過的地方色彩，一部分則是，如果把可怕的程度放大，則心中的恐懼便多多少少會降低一點。而且，讓人印象深刻是很有意思的事情。當然，這些想法是約克薩不能理解的，但諒解他人的天賦人皆有之，我無權質疑約克薩說那些話的真正用意。

而豪德金搖搖耳朵，鼻子面向風口。他用關切的眼神看著「海羊交鄉號」，說道：「它很堅固，一定能撐過去。羅德佑和小搗蛋必須躲在罐子裡，蓋上蓋子，因為，暴風要來了。」

「你以前有沒有看過暴風？」我小心翼翼的問道。

「當然有，」老豪答：「在《越洋的旅程》圖畫書裡有無與倫比的巨浪。」

此時，暴風突然襲擊我們，就像其他所有暴風一樣，這出其不意的一擊讓「海羊交鄉號」幾乎失去平衡，但這艘非凡的河船很快便回穩過來，在險惡大浪當中保持前行。

遮陽棚像一片樹葉似的被吹走，飛到海面上。那是很棒的遮陽棚，我希望會有人撿到，並好好的使用它。羅德佑的罐子開始滾動起來，最後卡在欄杆底下，每當「海羊交鄉號」被大浪壓下又推上時，就可以聽到罐子裡的鈕釦、掛鉤、開瓶器、釘子和玻璃珠發出可怕的撞擊聲。羅德佑大叫他要嘔吐了，但我們全都束手無策，只能緊抓著任何能抓住的東西，恐懼的瞪著越來越漆黑的大海。

太陽消失，地平線也不見了，一切變得不同、奇怪又危險。海浪激起的白色泡沫從我們身邊呼嘯而過，欄杆以外是一片黑暗，以及意想不到的混沌。我突然驚覺自己一點都不了解大海或船隻。我呼喚老豪，但他沒聽見。在這無疑是最高潮、最戲劇化的事

件當中，我只感到孤立無助。我一點都不想擴大可怕的程度，相反的，親愛的讀者啊！也許人們只有在當旁觀者的時候，才能好好把握磨難，對吧？我馬上決定無視這一切，完全不做任何反應。我心想：「如果我現在閉上眼睛，假裝自己誰都不是，沒有人記得我的存在，也許這一切就會過去了……事實上，它跟我一點關係也沒有！我根本不應該在這裡……」於是我閉上眼睛，盡量縮成一團，一遍又一遍的說著：「別擔心，我很渺小。我正坐在亨姆廉太太花園裡的吊床上，待會就要進屋子裡享用麥片了……」

「姆米！」老豪在暴風中大叫：「它們比較小！」

我聽不懂老豪的話。

「比較小！」他喊著：「海浪要比圖畫書裡小得多！」

可是，我沒見識過豪德金書裡的海浪，只能繼續閉著眼睛，努力回想亨姆廉花園裡的吊床。它奏效了。很快我便開始感覺到吊床輕輕的前後搖晃，暴風平息，危險不再。於是我張開眼睛，看到了一個不可置信的景象，「海羊交鄉號」張開白色的船帆，高高飛行在海面上。在我們的下方，暴風持續攪動黑暗洶湧的大海，只不過現在看起來就像玩具一樣，一切都跟我們無關。

「我們在飛！我們在飛耶！」豪德金大叫。他站在我身邊，倚靠著欄杆，看著我們的船索被那朵白雲拉扯，就像一個大氣球。

「你是怎麼讓它飛起來的？」我問。

「它自己想辦法的，」他回答：「一艘會飛的河船……！」他說完便陷入沉思。

夜晚慢慢轉換成黎明，天空呈現灰色，而且非常寒冷。我慢慢忘記我曾試圖躲在亨姆廉花園的吊床裡，再度感到安心與好奇，並開始想喝杯咖啡。天氣非常寒冷，我小心的甩了甩雙手，摸摸我的尾巴和耳朵。看來我並沒有被暴風弄傷。

約克薩也來了，他坐在羅德佑的罐子旁邊，正想要點燃菸斗。

可是「海羊交鄉號」卻有些殘破，桅杆斷了，槳也不見了。破損的零件可憐的垂吊著，欄杆有好幾處都撞爛了。甲板上散落著零碎物品和海藻，還有幾個不省人事的海幽靈。最糟糕的是，船長室屋頂上的鍍金旋鈕也不翼而飛了。

漸漸的，我們的雲朵累了，河船再度降落在海面上。東方天空出現紅光時，我們正被暴風後的大浪簇擁前行，我聽到羅德佑的罐子裡傳來鈕釦敲打的聲響。那朵白色的雲朵又在欄杆前睡著了。

「親愛的夥伴，」豪德金嚴肅的說：「我們已經度過暴風，請讓我的姪子出來吧！」我們打開蓋子，羅德佑露出一張慘綠的臉出現了。

「鈕釦之母啊！」他虛弱的說：「我怎麼會這麼難受啊？噢，這是什麼人生，充滿麻煩和擔憂……看看我的收藏品！噢，一切都是命運！」

小搗蛋也出來了，他嗅一嗅空氣，悶哼了一聲說：「我餓了。」

「不好意思，」羅德佑叫道：「光是想到食物，就讓我……」

「別緊張，」我說：「我來煮咖啡。」

我走向前去，大膽的從斷掉的欄杆伸出頭，望向海面，心想：「現在我了解你，也了解船了！還有雲朵！下次我不會再閉上眼睛，讓自己變得渺小！」

咖啡煮好了，太陽也籠罩大地。它溫和又友善的照耀著我受涼的肚子，喚醒我的勇氣。我憶起太陽也曾照亮我逃脫後第一個自由的破曉，還點亮了我在沙上畫出房子的那個早晨。我出生在驕傲的獅子座八月時節，太陽注定會一直跟隨著我，照射著我一生冒險的星象宿命。

好吧，暴風！它們存在的目的很可能就是為了讓之後的陽光溫暖登場。船長室會有新的鍍金旋鈕。我滿足的喝著咖啡。

翻開新的一頁，我就要進入人生新的一章。前方出現了陸地，大海中央孤立著一座巨大島嶼！顯露出未知海岸的驕傲側影。

我伸長脖子望向遠方，大叫著：「老豪，又有大事發生了！」

羅德佑立刻振作精神，推動他的罐子準備靠岸。小搗蛋緊張的咬著自己的尾巴，豪德金則命令我去擦亮剩下的黃銅零件，約克薩則是什麼也沒做。我們往那陌生的海岸直直開去，可以看到山坡上有個像燈塔一樣的東西，這座塔正在緩慢移動，彷彿在自轉。這是很令人震驚的現象，可是我們沒時間擔心。

「海羊交鄉號」靠岸時，我們來到用尾巴和牙齒重新梳整好的欄杆前。

就在這個時候，上頭傳來一聲巨響，然後是令人發抖的一段話：「哈！如果眼前不是豪德金和他的小跟班們，我就讓莫蘭吃掉！我終於逮到你了！」

真是出乎意料啊！是愛德華水怪，他憤怒不已，嚇得我們不知該如何是好。

*

「我年輕時的人生就是這樣！」姆米爸爸說完，闔上他的書。

「再多念一點嘛，拜託！」史尼夫哀求著：

「後來怎麼了？水怪準備踩死你們了嗎？」

「下次吧！」姆米爸爸神祕的說：「很刺激喔，不過你們要知道，厲害的作者都會用這一招，讓一個章節結束在最驚嚇的時刻。」

姆米爸爸和他的兒子、司那夫金及史尼夫坐在沙灘上，當他念到可怕的暴風時，大家不約而同的望向海面，卻只見到小小的碎浪拍打海岸。

他們想像著「海羊交鄉號」在他們父親的駕駛之下，像一艘幽靈船一樣在暴風中全速前進。

「我爸爸在罐子裡一定很難過。」史尼夫喃喃說著。

「這裡好冷，」姆米爸爸說：「我們去散個步吧。」

他們踏著乾掉的水草，往岬角走去。

「你會學小搗蛋的叫聲嗎？」司那夫金問道。

姆米爸爸試了一下。「不—不行，」他說：「我學得不像。聽起來應該像是在錫管裡發出的聲音。」

「已經很像了！」姆米托魯說：「爸爸，你後來不是跟溜溜去流浪嗎？」

「這個嘛，」姆米爸爸有些尷尬的回答：「也許有吧！不過那是很後來的事情。這本書可能不會提到。」

「我認為應該要提到！」史尼夫叫道：「你有沒有跟他們一起過著邪惡的生活呢？」

「別說了！」姆米托魯說。

「快來，快來，」姆米爸爸說：「你們看，有東西漂到岸邊了！趕快跑去看那是什麼！」

他們跑了過去。

「會是什麼呢？」司那夫金說。那東西很沉重，有著洋蔥般的形狀，似乎已經在海裡漂浮了很久，因為上面覆蓋了許多水草和貝類，裂開的木頭上還可以看到幾處金漆的痕跡。

姆米爸爸拿起這個木頭洋蔥仔細審視。他看著那東西，眼睛越睜越大，最後伸手摀住雙眼，嘆了一口氣。

「孩子們，」他嚴肅又帶著顫抖的說：「你們現在看到的，就是『海羊交鄉號』船長室屋頂的旋鈕裝飾！」

「噢。」姆米托魯肅然起敬的說。

「現在，」姆米爸爸壓抑著湧上心頭的記憶，繼續說道：「現在，我要開始寫很重要的新章節，並獨自思索這個獨特的發現。你們去洞穴裡玩吧！」

姆米爸爸一手拿著那個金旋鈕，一手夾著他的回憶錄，獨自走向岬角。

「在我那個年代，我真的是個健壯的姆米，」他自言自語著：「現在還是維持得很好！」他又補了一句，然後便帶著開心的笑容，精神抖擻的大步前行。

第五章

先舉例說明我的聰明能力，再介紹米寶一家，還有在驚喜大派對上從國王手上接獲令人羨慕的榮譽紀念品

我至今仍然堅信，愛德華水怪是故意想要一屁股壓死我們。儘管事後他絕對會為我們悲傷哭泣，而且還會有良心的幫我們舉辦一場美麗的葬禮，但往後他也一定會忘記這件事，繼續坐扁他不喜歡的人。

無論如何，在危急關頭我突然靈光乍現。那一聲「叮咚」如往常般出現，於是就有了新點子。我大膽的走向那座暴怒之山，故意冷靜的說：「你好啊！很高興再看到你。你的腳還會痠痛嗎？」

「你還有膽子問我？」愛德華水怪吼道：「你這隻水蚤！是的，我的腳還很痠痛！我的屁股也很痠痛！這全都是因為你！」

「嗯，既然這樣，」我讓自己用完美的聲音回答：「我們送你的禮物會更適合你：一床純羽絨水怪睡袋！特別為壓到東西後需要休養的水怪所設計！」

「睡袋？純羽絨？」愛德華水怪說，一面瞇著眼偷看我們的那朵雲，「你又在欺騙我了，你這討厭的破抹布。我猜枕頭裡還裝滿了石頭吧……」他拉過雲朵，懷疑的嗅聞著。

「愛德華，坐下來試試看吧！非常舒服柔軟喔！」

「我之前聽過這句話，」水怪說：「舒服柔軟的細沙，你說過的。結果呢？卻是最多刺、最堅硬、最難受、最多石頭、最多疙瘩、最凹凸不平……」這時，愛德華水怪坐上了雲朵，安靜了下來。

「怎麼樣？」我們期待的喊道。

「哼，嗯……」水怪酸言酸語的說：「好像有些地方比較柔軟。我要坐在這裡想一想，再決定要不要壓垮你們。」

不過，等到愛德華水怪做出決定時，我們早已遠離那個很可能終結我所有夢想和希望的所在。

我們開心的來到這個奇怪又陌生的地方，四處盡是圓圓的草山，彷彿就是個小圓丘的國度，在起起伏伏的綠色斜坡上，延伸了好幾公里的低矮石牆，綿延不斷，很難想像是人為的，可惜的是，山坡上又凌亂的建了幾間茅草屋，我認為這實在是很不用心。

「他們為什麼要蓋這些石牆呢？」約克薩納悶的問：「是要讓裡面的人出不去，還是要讓我們無法進入？而且，大家都到哪裡去了？」

四周一片靜謐，看不到人影，更沒有人過來關切遇到暴風的我們，稱讚或是可憐我們。然而，當我們經過一間比其他房屋更隨便搭建（如果還有更

隨便的空間的話）的小屋子時，明確聽到裡面有用梳子當樂器吹奏的聲音。我們在門上敲了四聲，但是沒有回應。

豪德金忍不住叫道：「有人在家嗎？」

此時，我們聽到微弱的聲音說：「沒有！沒人在家！」

「真好笑，」我說：「那是誰在說話呢？」

「我是米寶姊姊，」裡面的聲音說：「不過，你們得快點離開。媽媽不在家，我不能開門。」

「那麼，妳媽媽到哪去了呢？」豪德金問。

「她去參加花園派對了。」微弱的聲音傷心的回答。

「她為什麼不帶妳一起去呢？」羅德佑語帶驚訝的說：「妳年紀還太小嗎？」

此時，米寶姊姊開始啜泣的說：「我今天喉嚨痛！媽媽認為我得了白喉症！」

「請妳開門，好嗎？」豪德金和善的說：「我們得幫妳檢查喉嚨，別怕。」

米寶姊姊打開門。她脖子上圍了羊毛圍巾，兩隻眼睛紅通通。

「讓我們看看，」豪德金說：「張開嘴，說『啊——啊』！」

「媽媽還認為可能是傷寒或是霍亂。」米寶姊姊沮喪的咕噥著：「啊——啊！」

「沒有紅點，」豪德金說：「會痛嗎？」

「很痛。」米寶姊姊痛苦的呻吟：「我覺得我的喉嚨就要黏住了，那樣就不能呼吸、吃飯或說話了。」

「妳必須立刻上床休息，」豪德金說：「我們會馬上幫妳找媽媽回來！」

「不，不，請不要，」米寶姊姊喊道：「真的，我剛才在說謊，我根本沒生病。媽媽讓我留在家裡，是因為我實在太難纏，她拿我沒辦法。」

「說謊？為什麼要說謊？」豪德金不可置信的說。

「為了好玩！」米寶姊姊說完，又開始抱怨：「我太無聊了！」

「我們不能帶著她，一起參加花園派對嗎？」約克薩提議。

「也許米寶媽媽會不高興。」我說。

「她當然會高興！」米寶姊姊開心的說：「媽媽最喜歡外國人了！她絕對會忘記

我有多難纏，還會忘記我的惡形惡狀。」

米寶姊姊圍好她的羊毛圍巾，急著出門。「快一點！」她叫道：「國王早就展開他的驚喜了。」

「國王！」我喊著，肚子裡頓時有一種空虛的感覺，「妳是說真的國王嗎？」

「真的？」米寶姊姊重複這兩個字：「沒錯，他是真的！他是個霸主，也是當今最偉大的國王！今天是他一百歲的生日！」

「他的樣子像我嗎？」我小聲說。

「不，一點都不像，」米寶姊姊驚訝的說：「你怎麼會以為他長得像你呢？」

我敷衍的咕噥著，感覺臉都紅了。當然，這是很草率的想法，但還是有可能……我認為自己應該是出身皇室。好吧！算了。無論如何，我都要去見見這位國王，也許還要跟他說話！

國王實在是很特別的人：尊嚴、高貴、遙不可及。我通常不會崇拜別人（可能除了老豪以外）。可是，你大可以崇拜國王，而不會感到自己很渺小。這是一種很棒的感覺。

米寶姊姊在我們前方快步走著，不時從石牆上跳過。

「告訴我，」約克薩說：「為什麼這裡有那麼多石牆？是不讓裡頭的人出去，還是不讓其他人進入？」

「噢，它們沒什麼特別的用處，」米寶姊姊說：「統治者覺得蓋這些石牆很好玩，因為你可以帶著食物在上面野餐。我舅舅蓋過十公里長的石牆！他絕對會讓你們驚嘆。」她開心的繼續說著：「他研究各地的字母和文字，還喜歡在它們旁邊踱步，直到他完全弄懂為止。他會花好幾個小時研究最長的字彙！」

「像是『耳鼻喉專門科醫生』。」約克薩說。

「或是『kalospinterochromatokrene』。」我說。

「噢，」米寶姊姊說：「如果是那麼長的話，他得在它們旁邊紮營。晚上他就睡在長長的紅色鬍子裡，一半當被子，一半當墊子。白天他在鬍子裡養了兩隻小老鼠，老鼠非常可愛，所以不用付房租。」

「不好意思，但我相信她又在說謊了。」羅德佑說。

「我的兄弟姊妹也相信這些事情，」米寶姊姊說：「我總共有十四個、還是十五個兄弟姊妹，他們的想法都一模一樣。我是年紀最大，也是最聰明的。嗯！我們到了。記得告訴媽媽，是你們說服我一起來的。」

「她長得什麼樣子？」約克薩問。

「圓滾滾的，」米寶姊姊說：「她身體的每個部位都是圓圓的。也許身體裡面也是。」

我們來到一扇大門前，它坐落在一道特別高的圍牆上，上面裝飾著繽紛的花朵。門上掛著一張海報，寫著：

國王的花園派對
所有人免費入場！
請進，請進！

今年的驚喜派對
非常特別！
因為是我的一百歲生日
發生什麼事都別害怕！

「會發生什麼事呢？」小搗蛋問。

「什麼事都有可能，」米寶姊姊說：「所以才刺激啊！」

我們走進花園，只見荒草叢生，有一種不刻意的自然美感。

「不好意思，這裡面會不會有野獸呢？」羅德佑問。

「比野獸還恐怖，」米寶姊姊小聲說：「有一半的客人會失蹤！這是不能說的祕密。我得走了，待會兒見。」

我們小心翼翼的走著，沿著一條發出神祕綠光的通道，

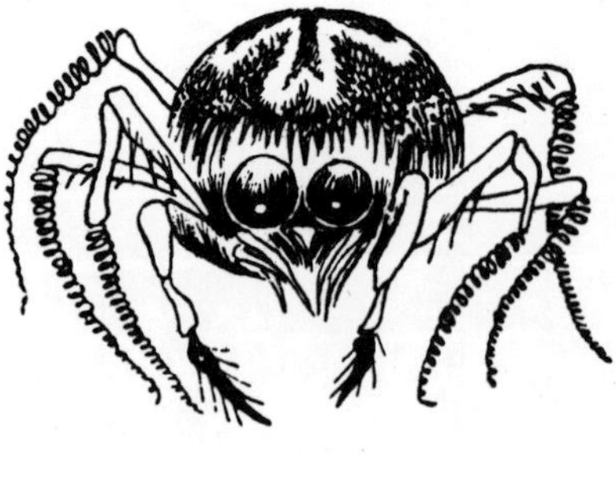

來到茂密的樹叢裡。

「停下來！」豪德金豎起耳朵說。

一道深淵橫阻擋在我們前方！噢，光是要寫出來就覺得可怕極了……下方蟄伏著一隻毛茸茸的傢伙。牠瞪著圓鼓鼓的大眼睛，撐著顫抖的長腳，是一隻大蜘蛛！

「安靜，安靜！我們試試看他是不是在生氣。」約克薩說完，便丟出幾顆石頭。大蜘蛛抖了抖腳，搖晃著身體，睜大雙眼看著我們。

「人造蜘蛛，」豪德金感興趣的發表意見：「彈簧做的腳。做得還不錯。」

「不好意思，但我認為開這種玩笑並不適當，」羅德佑說：「說得好像真正危險的東西還不夠嚇人似的！」

「外國人。」豪德金下了個注解，並且聳聳肩。

我倒覺得非常震驚，不是因為國王的假蜘蛛，而是因為這完全不像皇室的舉止。

到了下個轉角，則是掛著一張海報，大大的字體寫著嬉鬧般的內容：

怕了吧？

堂堂一位國王怎麼會那麼幼稚呢？我有點失望。這種行為毫不足取，尤其是出自一個已經一百歲的國王！統治者應該要留意子民的尊敬和崇拜才對。

不久，我們來到一座人造湖，看到了令人起疑的景象。岸邊停放著許多艘漆著皇室色彩的小船，美麗的樹木斜倚在湖面上。

「真令人不可置信。」約克薩喃喃自語，踏進一艘有著天藍色欄杆的鮮紅色小船。我們划到湖中央的時候，國王展開了他新的驚喜。一股強勁的水柱從我們的船邊噴出，淋濕了大家。可想而知，羅德佑嚇得尖叫起來。在抵達對岸之前，我們又經歷了四次水柱的洗禮，上岸後，我們看到海報上寫著：

濕透了，對不對？

我相當困惑，也替國王感到羞愧。

「真是好玩的花園派對。」豪德金低聲說道。

「我喜歡這樣！」約克薩叫道：「國王一定是個有趣的人。他完全沒有威嚴！」

我看了約克薩一眼，盡量克制自己生氣。

我們來到一片複雜的運河和橋梁網路。有些橋梁毀壞了，有些則隨便用硬紙板補好，有幾次還得跨過腐爛的樹幹，或是繩子破損的吊橋。不過，除了小搗蛋掉進泥巴裡，而且似乎摔得很慘痛之外，我們所有人大致平安無事。

突然間，約克薩大喊：「啊哈！這一次他騙不倒我了。」他直接爬上一隻大公牛玩偶，並用力的往它鼻子揍一拳。想像一下我們有多驚訝：此時公牛發出可怕的低吼，壓低尖角（還好上面套有墊子）頂起約克薩，再甩出一個美麗的拋物線，讓他直直的落在玫瑰花叢裡。

當然，我們看到另外一個嘲弄我們的示威海報：

是不是沒想到牠是真的？

這一次，我倒覺得國王有點幽默感。

慢慢的，我們開始習慣這些驚喜。我們在雜亂糾結的國王花園裡越走越遠，也更加的深入。我們經過了樹葉叢生的洞穴和各種生物的祕密藏身處，穿越許多瀑布和閃著信號煙火的深淵。國王為客人準備的不只是陷阱、炸藥和彈簧怪獸。如果你仔細翻找樹根、空樹幹和岩石縫隙，偶爾能夠找到小巧的鳥巢，裡面放著彩蛋或金蛋。每一顆蛋上面都漆著精美的數字，我找到的數字是67、14、890、223和27。這是國王的皇家彩券號碼。一般來說，我並不喜歡遊戲和比賽，因為如果我贏不了，就會非常沮喪。可是，我喜歡尋找這些彩蛋。小搗蛋找到的最多，但很難跟他解釋為什麼這些蛋不能吃，要留著等待開獎。老豪穩坐第二，接下來是我，再來是懶得認真尋找的約克薩，而羅德佑找蛋的方法只是不停的跳來跳去。

最後，我們看到樹木之間有個用華麗緞帶綁成的蝴蝶結，底下的大型海報寫著：

現在，真正好玩的事情才要開始！

我們聽到開心的呼喊、吵鬧聲和音樂聲，派對正在花園中進行到最高潮。

「我要留在這裡等你們，」小搗蛋有點緊張的說：「前面聽起來有點混亂！」

「隨便你，」豪德金說：「不要不見了就好。」

我們在一個大空地的旁邊停下腳步，裡面都是國王的子民，他們玩雲霄飛車、大聲叫鬧、唱歌、互丟爆竹，還大口享用棉花糖。空地中央有一間大型旋轉房屋，播放著音樂，甩著飄逸的彩帶，上面還站著許多揹著銀色馬具的白馬。

「那是什麼？」我看得如痴如醉，大聲問道。

「旋轉木馬，」老豪告訴我：「我畫過它的機械構造，它們互相交錯，你記得嗎？」

「這看起來一點都不像，」我抗議：「這部機器有白馬、銀飾、彩帶和音樂！」

「還有齒輪。」豪德金說。

「請問要喝薑汁汽水嗎？」一位穿著難看圍裙的亨姆廉問道（我總是說，亨姆廉毫無品味）。她遞給我們一人一杯汽水，然後慎重其事的說：「現在，你們要去向國王祝賀。你們知道，今天是他一百歲生日。」

我心情複雜的拿著汽水杯，抬眼看著王位。國王就坐在那裡，臉上滿是皺紋，跟我一點也不相像。我究竟是失望，還是鬆了一口氣呢？仰望王位是個嚴肅又重要的時刻。每個姆米都必須仰望著（當然，或著是鄙視）能夠引起尊敬和高貴感受的事物。好吧！我眼前的國王戴著傾斜的王冠，耳邊掛著花朵，他隨著音樂搖晃膝蓋、踏著地面，王座也跟著搖搖晃晃！座位下放著一只號角，每當他希望人們向他敬酒時，就拿出來吹奏一聲。我當然非常尷尬又沮喪，這還需要解釋嗎？

豪德金趁號角聲停下的片刻開口：「祝國王陛下生日快樂！」

我以尾巴行禮，用不自然的聲音說：「國王陛下，請容一位遠道而來的難民獻上他誠摯的祝福。這是個感動的時刻！」

國王驚訝的看著我，忍不住笑出聲來。

「好啊！」他說：「你有沒有淋濕？公牛好玩嗎？別告訴我沒有人被蜜糖困住！

噢，當國王真有趣！」

之後，國王對我們感到厭煩，開始吹起號角。「各位良善的子民們！」他叫道：「來人啊！停下旋轉木馬。到這裡來，全都過來！我們要抽獎了！」

旋轉木馬和鞦韆停了下來，每個人都抱著彩蛋跑向國王。

「701！」國王喊道：「誰有701號？」

「我有。」豪德金說。

「請收下這個！祝你玩得開心。」國王說完，便交給他一把鋼絲鋸，這是他一直想要的東西。新的號碼不斷抽出，大家在王座前排成長長的隊伍，一面談天嘻笑。似乎所有人都拿到獎品了，除了我以外。

約克薩和羅德佑將他們抽到的獎品全部排開，然後一個一個吃掉，他們的獎品多半是巧克力、亨姆廉形狀的杏仁糕和棉花糖玫瑰。豪德金則是坐在地上，一大堆實用又無聊的東西堆在他腿上，它們多半都是工具。

最後，國王站上王座大叫：「我親愛的子民們！糊塗、混沌又粗心的子民們！每個人都得到了最適合他的獎品，我也已經全部送完了。我們憑著百年的智慧，將彩蛋藏在三種地方。第一種是人們匆忙經過或懶得仔細尋找、就在眼前的場所，這種蛋的獎品都是食物。其次，我們把一些彩蛋藏在需要有系統並仔細搜尋的地方，這些獎品是實用的東西。第三類的彩蛋，則是放在一些需要發揮想像力才能找到的所在，而那些獎品反正也沒什麼用處。現在，我頑固的、親愛的、愚蠢的子民們！有誰搜尋了需要發揮想像力的地方，像是石頭下、小溪間、樹梢上、花床裡、自己的口袋，或是螞蟻丘？有誰拿到了67、14、890、999、223和27號呢？」

「我！」我急著大叫，丟臉的被自己的嗓門嚇得跳起來。緊接著，我身邊有個微弱的聲音說：「999！」

「可憐的姆米，上來吧，」國王說：「請收下這些充滿奇妙想像、但毫無用處的獎品。你喜歡嗎？」

「陛下，我非常喜歡。」我吸了一口氣，欣喜若狂的看著我的獎品。我認為27號獎品最棒，它是個客廳裝飾品：一台由海泡石做成的玩具火車，中間設計成小盒子，可以裝安全別針。67號是一組鑲有石榴石的香檳攪泡器。其他獎品還有鯊魚牙齒、乾燥煙圈和一個漂亮的手搖風琴把手。你能理解我內心有多感激嗎？我幾乎要原諒國王沒有王者風範，甚至還開始覺得他是個不錯的國王，親愛的讀者，你能理解嗎？

「那我呢？」米寶姊姊叫道，當然是因為她拿到了999號。

「小米寶，」國王嚴肅的說：「妳可以過來親吻我的鼻子。」

於是，米寶姊姊爬到國王膝上，親吻他的鼻子。眾人歡呼不已，並開始享用他們的獎品。

這真是個豐盛的花園派對。夜晚降臨，驚喜花園處處掛滿了彩色燈籠。舞會開始了，有人開心的打鬧，國王還分送氣球給大家，打開好幾大桶的蘋果酒，數不清的營火旁邊都煮著熱湯、烤著香腸。正當我隨著音樂搖擺晃動時，看見一個似乎全都由圓形和弧線組合成的大米寶。我走向前對她一鞠躬，開口問道：「打擾了，女士，請問妳是不是米寶媽媽？」

「是啊！」米寶媽媽笑著說：「瞧我笨手笨腳的，吃太多了！姆米，拿到這些古怪的獎品，你不覺得失望嗎？」

「古怪？」我叫道：「這些充滿想像的無用獎品再棒不過了！充滿無上的榮耀！」我有禮貌的補充道：「再說，妳的女兒也得到同樣的獎品。」

「她是家族之光。」米寶媽媽驕傲的說。

「妳不生她的氣了嗎？」我問。

「生氣？」米寶媽媽驚訝的說：「我為什麼要生氣？我沒有時間生氣。我要幫十八、九個孩子洗澡、安頓他們上床、扣好和解開釦子、煮飯和擦鼻涕。莫蘭才曉得我有多忙碌！不，年輕人，我一直都樂在其中！」

「妳弟弟真特別。」我順勢問道。

「弟弟？」米寶媽媽說。

「是啊，妳女兒的舅舅，」我解釋道：「他會睡在他的長鬍鬚裡。」幸好，我沒有提到住在他鬍子裡的兩隻老鼠。

因為一聽到這裡，米寶媽媽便放聲大笑，她說：「我女兒真天才！姆米，你被她騙了！就我所知，她沒有舅舅。再見了！我要去坐旋轉木馬！」於是，米寶媽媽盡可能的把所有孩子抱在腿上，爬上了由灰色斑點的馬拉的紅色馬車。

「這位米寶媽媽真有本事。」約克薩發自真心的說。

羅德佑坐在木馬上，表情有點奇怪。

「怎麼啦？」我問：「不好玩嗎？」

「沒事，謝謝，非常好玩，」羅德佑小聲說：「我很開心。可是，這個旋轉木馬一直旋轉，最後會讓我有點想吐……真可惜！」

「你搭乘了幾次？」我問。

「不知道，」羅德佑虛弱的回答：「很多次！非常多次！不好意思，但我必須多搭幾次！這也許是我這輩子最後一次坐旋轉木馬……噢，又要開始旋轉了！」

「我們該走了，」豪德金說：「國王呢？」

可惜，國王正忙著坐雲霄飛車，我們只得不告而別。只有約克薩留下來，他要和米寶媽媽盪鞦韆盪到日出。

我們在空地外圍找到了小搗蛋，他在青苔裡挖了一個洞，窩在裡面睡著了。

「小搗蛋，」我說：「你沒有去領獎品嗎？」

「獎品？」小搗蛋眨眨眼睛說。

「你撿到的蛋啊，」豪德金說：「你有十幾個，不是嗎？」

「我吃掉它們了，」小搗蛋不好意思的說：「我在這裡等你們很無聊。」

我時常在想小搗蛋的獎品會是什麼，他無所爭，卻有所得。也許國王會把他的獎品留待下次百年派對時再送出去。

＊

姆米爸爸翻了一頁。「第六章。」他說。

「等一下，」司那夫金說：「我爸爸喜歡這位米寶媽

媽嗎？」

「很喜歡！」姆米爸爸回答：「就我記憶所及，不管有沒有有趣的事情，他們總是一起嘻笑奔跑。」

「他喜歡她勝過我嗎？」司那夫金問。

「可是你當時還沒出生啊！」姆米爸爸說。

司那夫金悶哼一聲，將帽子拉到耳朵下面，看著窗外。

姆米爸爸看了他一眼，然後站起身來，走到牆角的櫃子，在上層摸索了一陣子。回來時，他手上拿著一顆又長又亮的鯊魚牙齒。「這個給你，」他說：「你爸爸以前很喜歡它。」

司那夫金看著鯊魚牙齒。「它很棒，」他說：「我會把它掛在床頭。他被公牛頂到玫瑰花叢裡，有沒有受傷？」

「沒有！」姆米爸爸說：「約克薩像貓一樣柔軟靈活，而且公牛的角也包了軟墊。」

「嗯，其他獎品到哪去了呢？玩具火車放在客廳鏡子前，那其他的東西呢？」

「這個嘛，我們沒喝過香檳，」姆米爸爸思索著：「所以，我想那支攪泡器還放在廚房抽屜裡。至於煙圈，過了那麼多年，早就蒸發消失了……」

「還有那只手搖風琴把手！」史尼夫尖叫。

「噢，對，」姆米爸爸說：「要是我知道你的生日是什麼時候就好了……但你爸爸搞不清楚日期。」

「那就用我的命名日當作生日吧！」史尼夫懇求。

「好吧，在你的命名日那天，你會收到一份神祕禮物，」姆米爸爸說：「大家安靜點，讓我再念一些給你們聽。」

第六章

找到殖民地，遇到危機，喚醒了「恐懼島之鬼」

我該不該盡快忘掉豪德金接獲緊急電報的那個早晨呢？那原本是個平靜美好的上午，我們都坐在「海羊交鄉號」的船長室裡喝著咖啡。

「我也要喝咖啡。」小搗蛋說著，在他的牛奶杯裡吹泡泡。

「你太小了。」豪德金溫柔的解釋：「再說了，你就要被送回你母親身邊了。郵船半小時內便會抵達。」

「是噢。」小搗蛋平靜的說完，便繼續在牛奶裡吹泡泡。

「可是我要跟你們在一起！」米寶姊姊大叫：「一直到我長大。聽著，豪德金，你能不能發明什麼東西，把米寶變得很大呢？」

「米寶小小的就很好了。」我說。

「媽媽也是這麼說。」她承認：「我是從海扇殼裡出生的，當她在她的水族箱裡發現我的時候，我只有海跳蚤那麼大。」

「妳又在說謊了，」我說：「我很清楚嬰兒是在母親體內成長，就像蘋果裡的果核一樣！而且讓米寶上船是不吉利的事情。」

「胡說八道。」米寶姊姊毫不介意的說，隨即又喝了幾口咖啡。我們把地址條綁在小搗蛋的尾巴上，並親吻他的鼻子跟他道別。他很慷慨的沒有咬我們。

「請代我們向你的母親問候，」豪德金說：「不要咬爛郵船了。」

「不會，不會。」小搗蛋開心的承諾後，便準備登船。米寶姊姊陪著他，確定他平安上船。

豪德金在船長室的桌子上攤開世界地圖，此時傳來了敲門聲，一個雷霆似的聲音大叫：「電報！豪德金先生的緊急電報！」門外站著一位身材高大的皇家侍衛亨姆廉。豪德金冷靜的摘下他的船長帽，皺著眉頭讀他的電報。上面寫著：

我們注意指向事實豪德金一流發明家請來發揮才能國王服務驚嘆非常緊急

「不好意思，這位國王似乎不太會寫信。」羅德佑說，他本身是靠著他的咖啡罐

「麥斯威爾招牌咖啡高級一磅」自學識字的，當然，那時罐子還是藍色的。

「這顯示這份電報真的很緊急，」豪德金解釋：「才會沒時間寫上所有文字。我倒認為這是很棒的電報。」

他從羅盤針櫃裡拿出梳子，梳整他的耳朵。毛髮飛得滿屋子都是。

「我可以在你這份很棒的電報裡加進幾個字嗎？」羅德佑問。

豪德金充耳不聞。他喃喃自語，然後開始刷他的褲子。

「老豪，」我小心翼翼的說：「如果你去幫國王發明東西，我們就不能再旅行了，對不對？」

老豪心不在焉的應了一聲。

「發明很花時間，不是嗎？」我繼續說。

老豪還是不理我，於是我絕望的大喊：「一直住在同一個地方，要怎麼成為冒險家呢？你不想當冒險家了嗎？」

但老豪回答：「不，我只想當發明家。我想發明飛行船。」

「那我怎麼辦？」

「你何不和其他人一起去找個殖民地呢？」他禮貌的回答後就離開了。

當天下午，豪德金就搬到驚喜花園，還帶走了他的「海羊交鄉號」，只剩下船長室孤零零的留在海邊。國王的侍衛將船推到遊樂場，子民們熱心的幫它蓋了八層極端隱祕的石牆，將它層層圍住。

接著，他們又送進好幾車的工具、幾噸的齒輪和幾公里長的彈簧。豪德金答應國王，他會在週二和週四發明好玩的東西來嚇唬他的子民，其他的時間可以專心建造他的飛行船。這些都是我事後才聽說的。當時我只覺得遭到拋棄，於是又開始對國王產生質疑，無法再崇拜他。而且，我一點也不懂「殖民地」是什麼意思。最後，我來到米寶家尋找慰藉。

「早安，」米寶姊姊說，她正在抽水機旁幫她的弟妹洗澡，「你看起來像是不小心吃了生紅莓！」

「我不再是冒險家了。我要去尋找殖民地。」我悶悶不樂的說。

「嗯，那是什麼？」米寶姊姊問。

「我不知道，」我抱怨著：「也許是個可笑的東西。我想我最好加入溜溜的行列，像勁風或海上蒼鷹一樣孤獨。」

「我跟你一起去。」米寶姊姊說。

「妳和豪德金很不一樣。」我的語氣完全沒有表達出我這句話的效果。

「的確是的！」她開心的叫道：「媽媽！妳在哪裡？她又跑到哪裡去了？」

「米寶，」米寶媽媽從樹叢後面走出來，「妳洗好幾個人了？」

「一半，」她女兒回答：「剩下的我不洗了，因為這位姆米邀我一起去環遊世界，就像

勁風或燕雀一樣孤獨！」

「不，不，不！」我警覺的大叫：「事情不是那樣的！」

「好啦，像海上蒼鷹。」米寶姊姊說。

可是，她母親竟然驚訝的大喊：「是這樣嗎！那妳今天不回來吃晚飯囉？」

「噢，媽媽，」米寶姊姊說：「下次妳再看到我，我已經是全世界最巨大的米寶了！我們馬上出發嗎？」

「仔細想想，也許殖民地比較好。」我虛弱的說。

「好吧！」她開心的回答：「那我們改當殖民者！媽媽妳看，我是不折不扣的殖民者，現在我要搬離家裡了！」

親愛的讀者，為了你自己好，我請求你小心米寶一家。她們對什麼都感興趣，而且無法理解你對她們並沒有興趣。

就這樣，我心不甘情不願的和米寶姊姊、羅德佑與約克薩一起前往尋找殖民地。

我們在豪德金遺棄的船長室集合。

「是這樣的，」米寶姊姊說：「我問過母親殖民者是什麼，她認為是一群盡量住得很近的人，因為他們不喜歡孤獨。之後他們會開始劇烈爭吵，因為有人可以吵架總比孤獨一人好玩！母親是這樣警告我的。」

我們用沉默表示對她的這一番話不認同。

「我們現在就要開始吵架了嗎？」羅德佑緊張的問：「我不喜歡吵架！不好意思，吵架不是好事！」

「這說法不對！」約克薩叫道：「殖民地是你可以離開人群、平靜生活的地方。偶爾會有不尋常的事情發生，但沒多久又會恢復平靜……例如，你可以住在蘋果樹上，每天一大早在歌聲與陽光中安眠，明白我的意思嗎？沒有人會命令你或叨念著有什麼重要的事情不得拖延……你可以任由事情自行解決！」

「事情真的會自行解決嗎？」羅德佑問。

「當然，」約克薩做夢似的說：「完全可以不管它們。柳橙會自己長大，花朵會自己盛開，偶爾會有新出生的約克薩吃掉或嗅聞它們，陽光一視同仁的照耀著所有事物。」

「不！那不是殖民地！」我大叫：「我認為殖民地是非法集團！專門從事極端冒險又有點可怕的事情，一般的人都不敢嘗試。」

「例如呢？」米寶姊姊感興趣的問。

「妳會看到的，」我神祕的回答：「下禮拜五午夜之前，你們會大吃一驚！」

羅德佑一聽歡呼了起來。米寶姊姊興奮的拍手。

但可悲的是，我根本不知道要怎麼在下週五的午夜之前，變出殖民地來。

我們立刻分開，各自獨立。

約克薩搬到米寶家附近的蘋果樹上居住。米寶姊姊宣布每天晚上都要睡在不同的地方，以便好好體驗獨立，而羅德佑則繼續住在他的咖啡罐子裡。

我鬱鬱寡歡的搬進了船長室。它坐落在孤獨的海邊岩石上，看起來就像沉船殘骸。我看著豪德金的舊工具箱，侍衛亨姆廉沒有帶走它，因為它配不上皇家發明家的身分。

我心想：「我應該做一件能和他的發明相匹敵的事情。我要如何變出令人驚豔的殖民地呢？大家都在等著瞧，星期五很快就要到了，我說過太多次自己是天才的豪語了……」

我感到渾身不舒服。看著一波又一波的浪花，想到豪德金不停的建造、建造、再建造，一直在製作新的發明，完全遺忘了我。

我幾乎希望我是出生在模糊又流浪星象之下的一隻溜溜，沒人會在乎我，我只要一直朝著永遠到不了的地平線前進就好了，不需要跟任何人說話，也不需要在意任何人。

難過的心情一直持續到黃昏。這時，我開始想要有人陪伴，於是我離開海邊，往內陸走去。我越過山丘，看到國王的子民還在搭蓋無止境的石牆，並且在上面野餐。他們在各地都點了小小的營火，有時還會施放沖天炮讓國王開心。我經過羅德佑的罐子，聽到他自言自語說個不停。我只聽到他說：「某個圓形鈕釦從某個角度來看，也可以是橢圓形……」約克薩在他的樹上睡著了，米寶姊姊則很可能為了讓她媽媽看到自己很獨立，而跑到別的地方去了。

我深深的覺得一事無成，帶著這樣的心情，我來到靜謐的驚喜花園。瀑布關閉了，燈籠也全部漆黑。旋轉木馬上頭蓋著一大塊咖啡色的布，正在休息。國王的王座也覆蓋起來，下面還放著他的號角。遍地都是糖果包裝紙。

這時，我聽到敲敲打打的聲音。

「老豪！」我叫道。可是他只是繼續敲打。我吹響號角，沒多久便在黑暗中看見老豪豎起耳朵。他說：「在它還沒完成之前，你不能看。你來早了。」

「我不是來看你的發明，」我悲傷的回答：「我想跟你談一談！」

「談什麼？」他問。

我沉默了一會兒才說：「老豪，我想請問你，壞人和冒險家要做什麼事？」

「他想做什麼就做什麼，」豪德金回答：「你還想知道什麼？我有點忙。」他友善的搖了搖耳朵，便消失在黑暗中。沒多久，我聽到他又開始敲打了。我走回家，腦中充滿一大堆亂七八糟的想法，並第一次覺得思考自己的事情很無趣。我陷入深不見底的憂鬱當中，在往後的日子裡，每當有人成就勝過我時，就會有這種感覺。

不過，我也發現這種新感覺很有意思，我懷疑它和有才華脫不了關係。我注意到，當自己悲傷嘆氣的凝望大海，同時心底也會升起一種滿足。我強烈感到自憐，而這是很迷人的經驗。

這種悲傷，使得我個人發展上非常重要的一個星期過得很緩慢，我敲打時苦思，鋸木頭時也苦思，完全沒聽到以前腦中會出現的那一聲「叮咚」。

週四晚上是滿月，那是個非常寧靜的夜晚。連國王的子民都無心歡呼和放鞭炮。我蓋好了通往二樓的樓梯，正坐在窗戶旁，鼻子埋在雙掌裡，四周寧靜得連飛蛾振動翅膀的聲音都聽得一清二楚。

此時我突然看到沙灘上有個白色的小東西，起初看起來很像溜溜，直到它以奇怪的動作向我滑近時，眼前出現了讓我寒毛直豎的景象。那東西是透明的，我可以透過它看見後面的石塊和岩石，而且它沒有影子！如果我再補一句，它拖著一條看起來像白色床單的東西，那麼大家都會猜到那是鬼魂！

我緊張的站了起來。樓下的門關了沒？也許鬼魂可以穿牆而入……？我該怎麼辦？此時，大門「吱呀」一聲打開了，一陣冷風吹上樓來，讓我背脊發涼。

現在回想起來，我不覺得自己當時真的害怕，我可能只是想著必須小心一點。因此，我毅然決然的爬到床下等待著。不久，樓梯傳來聲響，「嘎吱」一聲，再「嘎吱」一聲。我很清楚樓梯總共有九階，因為它們是建造起來相當費工夫的旋轉梯。在我聽到九次的嘎吱聲後，便沒有半點聲音了。我告訴自己：「現在它正站在房門後面……」

*

這時候，姆米爸爸停下故事，沉默了一會兒，想要醞釀一點效果。

「史尼夫，」他說：「請將煤油燈轉亮一點。想想看，我光是念到鬧鬼的那一晚，手掌就濕了！」

「有人說了什麼嗎？」史尼夫突然驚醒，朦朧的問著。

姆米爸爸看著史尼夫，他說：「當然，我正在念回憶錄。」

「遇到鬼怪還不錯，」姆米托魯將絨毛被蓋到耳朵，躺著說道：「你應該把這段留下來。但是我覺得你不必如此傷心，都已經是那麼久以前的事了。」

「那麼久？」姆米爸爸心碎的叫道：「那麼久是什麼意思？回憶錄本來就該有傷心的內容，所有的回憶錄都是這樣。而且我還遇到了危機！」

「遇到什麼危機？」史尼夫問。

「我嚇壞了！」姆米爸爸生氣的解釋：「這真是太可怕了，我難過得甚至沒注意到自己蓋好了一棟兩層樓房！」

「約克薩的蘋果樹上有沒有蘋果？」司那夫金問。

「沒有。」姆米爸爸敷衍的回答。他站起來，闔上作業簿。

「爸爸，鬼魂真的很精采，」姆米托魯說：「我們都覺得很驚悚。」

可是，姆米爸爸逕自下樓去，坐在客廳裡，看著他一直掛在五斗櫃上方的水銀氣壓計。但這裡不是船長室，而是家裡的客廳。如果老豪看到姆米家，他會怎麼說呢？想必是恭維的說：「你真的盡了全力，我看得出來！」其他人根本沒注意到這棟房子經過重建，並加高了樓層。也許他應該縮短大談心中感受的章節。也許這很可笑，一點都不動人，也或許整本書都是個笑話。

「是你坐在黑暗裡嗎？」姆米媽媽靠著廚房門說，她剛在流理台旁做了一些三明治。

「我認為，關於我年輕時危機的章節很愚蠢。」姆米爸爸說。

「你是說第六章一開始嗎？」她問。

姆米爸爸模糊的咕噥著。

「這是你的書寫得最好的部分之一，」姆米媽媽說：「花點篇幅坦承心路歷程，能讓其他事件更加生動。孩子們太小了，還無法明白。我也幫你做了三明治當晚餐。晚安！」

她走上樓，樓梯就像之前的舊房子一樣發出聲響——九次「嘎吱」聲。只不過，現在的樓梯要比之前堅固多了……

姆米爸爸坐在黑暗裡享用著三明治。之後，他也爬上樓，繼續念書給姆米托魯、司那夫金和史尼夫聽。

*

房門非常緩慢的打開一道隙縫，一縷白煙飄了進來，蜷縮在地毯上。他有兩隻蒼白明亮的眼睛，我躲在床鋪底下看得非常清楚。

「真的是鬼魂……」我告訴自己，而親眼看到後，卻沒有比聽他上樓時來得可怕。房間裡變得像所有鬼屋一樣寒冷，寒風從四面八方灌入，突然間，鬼魂打了個噴嚏。

親愛的讀者，我不知道你會怎麼想，但我因此失去了對鬼魂的敬畏。反正他也看見我了，我便從床下爬出來對他說：「請多保重！」

「你也保重！」鬼魂急著說：「這個蒼涼的命運之夜迴盪著峽谷鬼魅的哀號！」

「我可以幫得上忙嗎？」我問。

「在這種命運之夜，」他自顧自的繼續說：「遭遺忘的屍骨在寂靜的海邊咯咯作響！」

「誰的屍骨？」我納悶。

「遭到遺忘的人，」鬼魂說：「蒼白陰森的冷笑傳遍詛咒之島。所有生物都要小心：我會在本月十三號的星期五再回來！」他接著直起身軀，丟給我一個恐怖的眼神，便從半

開的房門飄了出去。沒想到，他的後腦撞到門框，發出「砰」一聲巨響。「噢，噢！」他哀嚎著飄下樓，沐浴在外面的月光下。鬼魂又發出三聲土狼似的嚎叫，只不過這時的氣勢已經比剛才減弱許多。

我眼見鬼魂化成煙霧消失在海面上，突然笑出聲來。我為我的殖民地找到驚喜了！我可以做別人不敢做的恐怖事情。

十三號星期五的午夜將至，我邀請我的殖民者來到船長室下方的沙灘。當晚的景致美麗又柔和，我就在沙灘上開始盛宴，有熱湯和船形餅乾，還在每個路口都放了一大桶國王的蘋果酒，任何人都可以免費取用。我用腳踏車漆把盤子漆成黑色，並用交叉的白色骨頭加以裝飾。

「我可以借你紅色油漆，」羅德佑說：「要不然黃色或藍色也行。不好意思，這樣看起來不是比較舒服嗎？」

「我並沒有要製造舒服的氣氛，」我神祕兮兮的說：「今晚會有不能說出口的恐怖事情發生，請做好準備。」

「這喝起來有點像魚湯，是鱈魚，對不對？」約克薩問。

「是紅蘿蔔，」我簡單的回答：「繼續吃吧。你們也許會認為鬼怪就像灰塵一樣稀鬆平常！」

「噢，我懂了。你要講鬼故事。」約克薩說。

「我喜歡聽鬼故事，」米寶姊姊叫道：「媽媽總是在睡前用鬼故事嚇唬我們。她一直講、一直講，連自己都害怕得不得了，半夜睡不著，最後才鎮靜下來。我舅舅更糟糕。他有一次……」

「我不是在開玩笑。」我生氣的打斷她的話，「鬼故事！見鬼了！我會給你們看一名鬼！真正的鬼魂！我會創造它、召喚它！你們覺得怎麼樣？」

我對他們顯露出勝利的表情。

米寶姊姊開始拍手，但羅德佑的眼裡似乎含著淚水，他小聲的說：「請不要！不，不，請不要這樣做！」

「為了你，我會呼喚一隻小的出來。」我出於保護的說。

約克薩放下手裡的食物，驚訝的看著我。嗯……甚至面露崇拜！正如我所希望的，我扳回了顏面！可是，親愛的讀者，你可以想像得到，在午夜來臨之前，我有多麼的擔心。那隻鬼會不會回來呢？它夠不夠恐怖呢？它會不會又打噴嚏或是胡言亂語，破壞了原來應該有的效果呢？

我喜歡喚起別人的崇拜、同情和害怕，或者說任何能引起注意的感受，藉此留下深刻印象，這是我個性的一部分。也許是我不受關心的童年所造成的影響。

總之，時針快接近十二了，我爬上岩石，對著月亮抬起鼻子，施魔法似的揮舞雙手，發出足以穿透骨髓的吼聲。我要召喚鬼魂出現。

其他殖民者陶醉的看著我，興奮又期待的坐在椅子上，只有羅德佑噙著淚水的眼睛露出一絲懷疑。連約克薩都對我刮目相看，至今我還深深自豪。因為，鬼魂真的出現了。它真的現身了，發光透明而且沒有影子，還開始說著遭遺忘的屍骨和峽谷鬼魅的事情。

羅德佑尖叫出聲，把頭藏在沙裡，米寶姊姊卻直接走到鬼的面前，舉起手說：「你好！能見到真正的鬼魂真是有趣。你要喝湯嗎？」

米寶永遠讓人捉摸不定。

當然，鬼魂感覺受到屈辱，頓時不知所措，還畏縮得稍微變皺了一點。就在這可憐的鬼魂化成悲慘兮兮的白煙時，約克薩發出一聲爆笑，我確定鬼魂也聽見了。唉！這一晚搞砸了。

然而，殖民者為他們不可原諒的魯莽付出了代價。接下來的一個禮拜難以言喻，我們晚上都睡不著覺，鬼魂甩著一條

鐵鍊，每天都吵鬧到凌晨四點，還加上了貓頭鷹大呼小叫、土狼放聲哀嚎，還有腳步聲、敲門聲、家具震動破裂聲等各種噪音。

殖民者抱怨不已。

「帶走你的鬼魂，」約克薩說：「我們要睡覺！」

「這我做不到，」我沉重的說：「只要召喚出了鬼魂，就得留下他。」

「羅德佑在哭，」約克薩氣憤的說：「鬼魂在他的罐子上畫了一顆骷髏頭，還在底下寫了『有毒』兩個字。羅德佑為此抓狂，還說那是個詛咒，代表他永遠結不了婚！」

「真幼稚。」我說。

「沒錯，不過豪德金很生氣！」約克薩繼續說：「你的鬼魂在『海羊交鄉號』上畫滿了警告圖案，還捏歪了他的彈簧！」

「既然這樣，」我勃然大怒的說：「我們得立刻採取行動！」

我馬上寫了一張字條，釘在船長室的大門上。上頭寫著：

親愛的鬼魂：

基於明顯理由，鬼魂評議會將於下週五日落前舉行，屆時將審理所有控訴。

皇家非法殖民地董事會

附注：不得攜帶鐵鍊。

要署名「皇家」還是「非法」讓我想了很久，最後決定兩個都寫，這樣就公平了。鬼魂的回信是用紅漆寫在羊皮紙上，它在豪德金的舊風衣裡找到了紙，再用米寶姊姊的麵包刀釘在門上。信裡寫道：

命運時刻即將到來。週五，但要等到午夜，死亡之犬在荒野中吠叫之時！愚蠢之人，將口鼻藏在踏滿無形足跡的冰冷地下吧！因為你們的命運就要用鮮血寫在墓園牆上！我想要帶鐵鍊就會帶鐵鍊。

招來壞運之鬼

「嗯，」約克薩說：「命運是他喜歡的字眼。」

「注意一下態度，這次不要笑了，」我嚴肅的說：「這就是不尊敬別人的後果！」

我們讓羅德佑去邀請豪德金來參加鬼魂評議會。當然，我可以親自去邀請，但我記得老豪曾經對我說過：「在它還沒完成之前，你不能看。你來早了。」以及：「我有點忙。」就這樣，雖然語氣友善，卻彷彿距離很遙遠。

鬼魂在午夜十二點準時到達，他嚎叫了三聲向我們打招呼。「我來了！」他用獨特的聲音說著：「顫抖吧，活人，遭遺忘的屍骨就要復仇了！」

「晚安，」約克薩說：「你一直掛在嘴邊的這些老屍骨到底是什麼啊？它們是誰的？你自己找得到它們嗎？」

我對約克薩踢了一腳，才禮貌性的說：「歡迎，峽谷鬼魅！你好嗎？蒼白陰森的冷笑傳遍這詛咒海灘。」

「不要搶走我的台詞！」鬼魂生氣的說：「那是屬於我的說話方式！」

「聽著，」豪德金說：「你不能讓我們安靜的睡覺嗎？你不能改成嚇唬別人嗎？」

「每個人都責怪我，」鬼魂粗暴的說：「就連愛德華水怪也沒有人害怕了。」

「我怕！」羅德佑叫道：「我還是很害怕！」

「你人真好，」鬼魂敷衍的說：「失落的骷髏大篷車正在慘綠的月光下哀嚎！」

「親愛的鬼魂，」豪德金語氣和善的說：「你似乎有點生疏了。聽著，只要你答應去嚇別人，我就答應教你新的嚇人方法。好嗎？」

「豪德金很懂得如何嚇唬人！」米寶姊姊說：「你不知道，他只要用一點磷粉和金屬板，就可以製造出很棒的效果！連愛德華水怪也會被嚇得驚恐不已！」

「還有國王也是。」我補充道。

鬼魂懷疑的看了豪德金一眼。

「給你一支霧笛如何？」豪德金建議：「你知道用線和樹脂的把戲嗎？」

「不知道，告訴我！」鬼魂感興趣的說。

「用縫衣線，細的那一種，」豪德金解釋道：「二十號以下的細度就好。把它黏在別人家的窗戶上。你再站在外頭以樹脂搓揉那條線，就會發出嚇人的聲音。」

「我的鬼眼看得沒錯，你是真正的朋友。」鬼魂一說完，便蜷縮到豪德金的腳邊，「你可以送我一顆屬於我自己的骷髏頭嗎？剛才是誰提到了金屬板？我有一些，要怎麼使用它們才對？」

於是，豪德金花了大半夜的時間講解用來嚇人的設計，並且在沙上畫出設計圖。他似乎非常專注於這件幼稚的事情。

到了早上，他就回到驚喜花園。而我的鬼魂朋友則被選入成為皇家非法殖民地委員，還有個很嚇人的頭銜，叫作「恐懼島之鬼」。

「聽著，鬼魂，」我說：「你想不想來跟我一起住？我有點寂寞。當然我不是害怕，但有時候晚上有點無聊……」

「看在所有地獄之犬的份上。」鬼魂開口了，煩躁讓它更顯蒼白。不過，它漸漸平靜下來，回答說：「這個嘛，有何不可？你人真好。」

我用紙箱做了一個床，還漆成黑色，再畫上交叉骨頭作為裝飾，讓鬼魂像在家一樣自在，他的專用碗盤上則寫著「有毒」兩個字（這讓羅德佑非常滿意）。

「真舒服，」鬼魂說：「如果我半夜發出聲響，請不要介意，我習慣了。」

「盡量發出聲響吧！」我說：「但是不要超過五分鐘，也請不要碰那台由海泡做成的玩具火車，它很珍貴。」

「好的，就五分鐘，」鬼魂說：「不過，仲夏之夜時我可不保證還會遵守諾言。」

第七章

「海羊交鄉號」改裝成功，歷史性的海底試航

仲夏前夜，米寶媽媽生了一個小女兒，取名為米妮，是目前所知最小的米寶。仲夏來過又離開，樹木開花，花朵結成蘋果或其他可口的果實，之後果實又被吃得精光，我開始固定從事各種冒險，甚至還在船長室的橋樓裡種了絲絨玫瑰，也開始和羅德佑與國王玩起丟圓片遊戲。

小米妮放大了

沒什麼特別的事情發生。我的鬼魂朋友坐在爐灶旁編織圍巾和襪子，這種活動很能讓神經緊張的鬼魂平靜下來。剛開始，他非常成功的嚇倒了國王的子民，令他十分開心，但當他發現大家開始熱衷於被嚇的時候，就沒興趣了。

米寶姊姊比以前更常說謊，而且每次都把我唬得一愣一愣的。有一次，她還到處宣傳愛德華水怪不小心將國王踩成碎片！我想是因為我總是相信別人說的事情，一旦發現對方說謊或嘲笑我，就會很受傷。不過我誇大其辭的時候，連自己都深信不疑。

愛德華水怪偶爾來訪，他會站在海邊的淺灘上，改不掉壞習慣的對我們吼叫。每當此時，約克薩會大吼回去，除此以外，約克薩除了吃吃睡睡、晒晒太陽、和米寶媽媽嘻笑，以及爬樹之外，我從來沒看過他做出什麼正經事。一開始他還會攀爬石牆，等他發現那並不是禁忌的時候，就感到厭煩了。可是，他卻說他過得很快樂。

我有時會看到溜溜的船出現在遠方，這總是讓我一整天不開心。

我在這段期間萌生出一種不安分感，讓我有時無法忍受井然有序和平淡的生活，一心渴望出發遠行。

沒想到，這個念頭竟然實現了。

有一天，老豪出現在船長室門邊，他還戴著他的舊船長帽，只不過在帽緣加上了一對小小的金色翅膀。

我跑下樓梯，大叫著：「老豪！你好啊！你讓它飛起來了！」

他搖搖耳朵，點點頭。

「你跟別人說了嗎？」我心跳加速的問。

他搖頭。我立刻搖身一變，再度成為冒險家，我覺得自己高大強壯又帥氣！老豪先來告訴我他的發明已經完成了！連國王都還不知道。

「快！快！」我叫道：「快去收拾行李！我要送走我的絲絨玫瑰！還要把房子送人！噢！老豪，我滿腦子都是點子和希望！」

「那很棒。」豪德金說：「不過，要先等揭幕和試飛之後。我們不能騙國王開一場派對。」

試飛就在當天下午舉行。改裝後的河船坐落在國王王座對面的平台上，上面蓋著紅布。

「用黑色的布會更有節慶氣氛，」我的鬼魂朋友搖著編織棒針說：「或是像午夜青蛙一樣灰白的薄紗也可以，那種陰森森的色調，你懂吧？」

「它真幼稚，」帶小孩來參加典禮的米寶媽媽表示：「妳好啊！我最親愛的大女兒，來看看妳剛出生的弟弟和妹妹！」

「天哪，媽媽，」米寶姊姊說：「又有寶寶出生了？告訴他們，大姊是皇家殖民地公主，要乘著飛船繞月球一周！」

米寶媽媽的孩子們搖頭晃腦，瞪著大大的眼睛。

豪德金多次走到布簾後面檢查。「排氣管有點問題，」他喃喃自語：「約克薩！上船來好嗎？打開大電扇！」

沒多久，大電扇的聲音響起。一大坨麥片粥立刻從排氣管裡飛出來，剛好打到豪德金的眼睛。

「不對勁，」他說：「居然是麥片粥！」

米寶一家誇張的叫喊。

「不是我，」羅德佑說，他快哭出來了，「我把沒吃完的早餐放進茶壺裡，不是排氣管裡！」

「怎麼了？」國王問道：「我可以開始致詞了嗎？還是你還在忙？」

「是我的小女兒米妮幹的好事，」米寶媽媽開心的說：「這小東西很有個性！她把麥片粥倒進排氣管裡！真有創意！」

「別太在意，女士。」豪德金有點僵硬的說。

「可不可以開始了？」國王問。

「可以了，陛下，請開始。」我說。

現場響起號角聲，亨姆廉志願銅管樂隊立正站好，國王從座位上站起來，接受大家歡呼。現場再度安靜後，他才開口說道：「頭腦不清的親愛子民！這個場面需要說幾句莊重的話語。請好好看看豪德金，我們的驚喜皇家發明大師！他最偉大的發明將在今天公諸於世，開創陸地、海洋和天空旅行的先例。當各位窩在舒服的角落聞東聞西、啃咬食物、到處閒晃或談著不營養的話題時，請在你們模糊的腦中謹記這項創舉。我希望你們也能有所成就，我悲慘又不滿足的親愛子民們。盡量在我的土地上散播一點榮譽，如果你們自己做不到，至少為我們今日的英雄獻上最響亮的歡呼！」

全場熱烈歡呼。

亨姆廉樂團奏起皇家慶典華爾滋，豪德金在拋撒的玫瑰花瓣和人造珍珠當中走上平台，拉下絲繩。偉大的時刻揭曉了！

布幕滑到地上。

眼前出現的不再是我們的舊河船，而是一台有著金屬翅膀的奇怪機器！這讓我感到很悲傷。不過，我注意到這艘改造後的船有個地方讓我稍感安慰。它的名字漆成深藍色，還是「海羊交鄉號」這個老名字。

亨姆廉樂隊改奏起國王主題曲（你知道，副歌歌詞是「驚喜吧，對不對？哈哈！」），容易受感動的米寶媽媽流下了快樂的眼淚。

豪德金戴上船長帽，走上船，後面跟著皇家非法殖民地成員。玫瑰花和人造珍珠繼續撒在我們身上，米寶家的孩子們也在「海羊交鄉號」上跑來跑去。

「不好意思！」羅德佑突然大叫，又爬下了舷梯，「我用我的鈕釦發誓，我真的不敢上船！不敢飛上天空！我會暈船！」他急忙衝回地面，消失在人群中。

此時，機器開始轉動出聲。所有的門都關上，還緊緊的上了門，「海羊交鄉號」在平台上前後震動。下一秒，它突然飛起來，害得我摔倒在地。

等我鼓起勇氣睜開眼睛看向窗外時，我們已經飛行在驚喜花園的樹梢上方了。

「它在飛！它在飛！」約克薩大叫。

我無法用文字形容飛在天上的感覺。大致來說，我對於那種高深莫測的不確定性還算滿意，我得承認我從沒想過有一天會在天上飛。突然間，我覺得自己像燕子一樣輕巧優雅，可以睥睨世間的一切，風馳電掣，所向披靡。最值得一提的是，看到地面上的人們走路搖搖晃晃，崇拜的抬頭望向我們，實在是非常有趣。那真是美好的時刻，只不過太短暫了。

「海羊交鄉號」緩慢的下降，很快便降落在海上白色的泡沫當中，沿著國王的海岸航行。

「豪德金！」我大叫：「我們再飛一次！」

他恍忽的看著我，雙眼閃耀著藍光，整個人寫滿了和我們無關的祕密勝利。之後，他駕著「海羊交鄉號」往海洋駛去。船艙充滿一股透明綠光，成群的泡泡在舷窗外起舞。

「我們不會再飛起來了。」米妮說。

我將鼻子貼向玻璃，往海面上看去。「海羊交鄉號」上亮起了一排燈籠，在黑暗的深海中投射出微弱抖動的光線。

我害怕得不得了。四周所見盡是慘綠和黑暗。我們漂流在空無一物的無盡夜晚。豪德金關掉了引擎，我們緩緩下沉，潛入了幽深的水裡。大家不發一語，事實上，我們都有點害怕。

可是，豪德金的耳朵卻透露出他的喜悅與開心，我發現他又戴上新的船長帽，上面裝飾著兩隻小銀鰭。

在一片寂靜當中，我聽到一陣隱約的低吟聲，接著聲音越來越大、越來越大。聽起來像是數千種可怕的聲音一遍又一遍的齊聲說著同一個字眼：「海鯊、海鯊、海鯊……」

親愛的讀者，試著小聲的說「海鯊」幾次，幽幽的、慢慢的，聽起來實在很陰森！

這個時候，我們可以在黑暗中看出許多小黑影，牠們是魚和海蛇，每個生物的鼻子上都掛著一盞小燈籠。

「他們怎麼不點亮燈籠呢？」米寶媽媽納悶的問。

「也許是電池用光了，」她女兒說：「媽媽，海鯊是誰？」

魚兒群聚在「海羊交鄉號」前，顯得很感興趣。牠們在不斷下沉的河船四周圍起周密的圈子，我們一直都能聽到牠們集體發出令人毛骨悚然的聲音：「海鯊！海鯊！」

「有點不對勁，」約克薩說：「我有不祥的預感！我可以用鼻子感覺到牠們是不敢點亮燈籠。想想看，可能是有人禁止牠們點亮自己頭上的燈籠！」

「也許是海鯊？」米寶姊姊異常興奮的小聲說道：「我有個阿姨從來不敢點燃她的酒精爐，因為她第一次點的時候，所有東西都爆炸了，包括她在內！」

「我們都會燒焦！」米妮說。

魚群湊得更近了。他們現在在「海羊交鄉號」周遭圍起一個圓圈，藉著船內的燈光看進來。

「牠們說了什麼別的事情嗎？」我問。

豪德金打開他的無線裝置。在一陣雜音之後，傳來了千百個擔心的叫嚷：「海

鯊！海鯊！牠就要來了，牠現在更近了……快熄燈！快熄燈！他會吃了你們……可憐的大鯨魚，你有多少電力？」

「既然是黑暗，就應該要伸手不見五指，」我的鬼魂朋友貼切的說：「命運之夜用裹屍布覆蓋墳場，黑色幽靈發出沮喪的哭嚎，飛越無止境的黑暗。」

「噓、噓、噓，」豪德金說：「我聽到了別的……」

我們都豎起耳朵聆聽著，遠方傳來微弱的跳動聲，像脈搏……不，像腳步聲，就像有人緩慢的跨著大步接近。一下子，魚兒全都不見了。

「我們要被吃掉了。」米妮說。

「我想我最好帶小孩去睡覺，」米寶媽媽說：「全都上床去！」

她的孩子們圍成一圈，幫彼此解開背後的釦子。

「今晚你們自己睡吧，」米寶媽媽說：「我有點心事。」

「媽媽不念故事給我們聽嗎？」孩子們哭著說。

「這個嘛！有何不可？」米寶媽媽說：「我們上次念到哪裡了？」

孩子們七嘴八舌的說：「這是獨眼鮑伯……的嗜血傑作，垂格斯檢察官……從屍體拉出……三寸長的指甲……一定是……」

「安靜，安靜，」米寶媽媽說：「請大家動作快點……」

奇怪的撞擊聲響更接近了，「海羊交鄉號」劇烈震動，測聽設備發出像貓一樣的嘶嘶聲。我感到頸後的寒毛豎了起來，忍不住大叫：「老豪！開燈！」

在四周又暗下來之前，我們看到海鯊在右舷的位置，這一瞥實在很詭異，也許是因為我們只看到這隻怪獸大概的模樣，剩下的都是我們在黑暗中的想像，才會讓他變得更加可怕。

豪德金啟動引擎，但他也許太害怕了，並沒有讓「海羊交鄉號」成功的浮上海面，反而降落到了海底。

船在海底像毛毛蟲一般蠕動前行。海藻掠過窗外，彷彿一隻隻摸索的手。黑暗寂靜中，我們可以聽到海鯊的喘氣聲。牠像一縷灰影一樣穿梭在海草當中，黃色的雙眼猶如探照燈在船的周身游移。

「孩子們，快躲起來！」米寶媽媽叫道：「我沒叫你們，你們就不要出來！」

此時後方傳來一陣讓人難受的晃動與撞擊，海鯊開始撞擊船舵了。

突然間，海中一陣翻攪，「海羊交鄉號」的船尾被抬起，接著又反身落下，海草隨波漂流滑動，就像秀髮在風中飛揚，海水像浴缸的水龍頭一樣湍急。我們全都暈頭轉向，櫥櫃門被甩開，裡面的器具掉了出來，和麥片、西米、白米與茶葉一起滾到地上，米寶家孩子的靴子、鬼魂的編織棒針、約克薩罐子裡的菸草也都散落一地。外頭傳來的吼叫聲讓人尾巴發麻。

下一刻卻又變得寂靜無聲，一片詭異的寂

靜。

「我非常喜歡飛行，」米寶媽媽誠實的說：「可是一點都不喜歡潛水。不知道我還剩下幾個小孩，我最親愛的大女兒，去數數看！」

米寶姊姊才剛開始要數，我們就聽到一個可怕的聲音吼著：「啊哈！我可逮到你們了，你們這些噁心的抹布！看在我尾巴上七百個鱗片的份上，你們以為躲在這裡就安全了，想得美！居然忘記告訴我你們要去哪裡！」

「那又是誰？」米寶媽媽叫道。

「給妳猜三次的機會。」約克薩說完，咧著嘴笑。

豪德金打開燈，愛德華水怪從水底探出頭來，在舷窗外看著我們。我們盡量鎮定的回望著他，這才注意到水中浮著海鯊的殘肢：一小段尾巴、一點鬍鬚和幾片肉塊，但大部分都壓扁了，因為愛德華水怪不小心踩死了他。

「愛德華！我的摯友！」豪德金大叫。

「我們永遠不會忘記此刻，」我說：「你在危急關頭救了我們一命！」

「孩子們，給這位可親的紳士一個熱吻。」米寶媽媽說完，便感性的哭了起來。

「怎麼回事？」愛德華水怪說：「請不要讓孩子們過來，他們會鑽進我耳朵裡。你們一次比一次麻煩！很快就會難以入口。我為了找你們，到處踢到腳趾，你們卻還是和以前一樣對我甜言蜜語。」

「你把海鯊踩成肉餅了！」約克薩叫道。

「什麼？」水怪說完跳了起來，「又踩到啦？相信我，不是我的錯！而且我實在也沒有錢再舉辦葬禮了……」他突然發怒大吼：「再說了，你們為什麼不小心一點呢！要怪就怪你們自己吧！」

愛德華水怪跨步離開了。他看起來很受傷，不久，他轉頭怒吼：「我明天早上會來喝茶！要泡濃一點！」

突然間，又有怪事發生了。海底變得一片明亮。

「我們要被燒焦了。」米妮說。

億萬隻魚亮著頭上的燈從四面八方游過來，有白熱燈、口袋燈、探照燈、牛眼燈、燈泡和乙炔燈，有些還互相幫忙頂著日光燈，大家都充滿歡樂與感激。

不久以前還蕭瑟荒涼的海洋，此刻被盤據在藍色海藻上的紫色、紅色和鉻黃色的海葵照出彩虹光芒，海蛇也快樂的旋轉舞動。

我們凱旋而歸，從海底到海上四處縱橫，分不清楚舷窗外的燈光是來自星辰還是魚群。

隔天早上，我們終於接近陸地的時候，大家都又累又睏。

第八章

羅德佑舉辦婚禮，我和姆米媽媽戲劇性的見面，最後，為我的回憶錄寫出深奧的結語

離岸十海里處，我們看到一艘舉著求救信號的小艇。

「是國王，」我語帶驚訝的說：「你們認為一大早有可能發生革命嗎？」（唯一的可能性是國王的子民不懂軍事部署的道理。）

「革命？」豪德金說完，便全速前進，「希望我姪子沒有事。」

「怎麼了？」我們來到皇家救生艇旁邊時，米寶媽媽叫道。

「上來！上來！」國王大叫：「全都上來……我是說下來。你們得立刻回家。」

「遭遺忘的屍骨終於復仇了嗎？」鬼魂滿懷希望的說。

「都是羅德佑的錯，」國王爬上船，喘著氣說：「來人啊！綁好救生艇！我必須親自來一趟，因為我不信任我的子民。」

「羅德佑！」約克薩喊著。

「沒錯，」國王說：「我很喜歡參加婚禮，但可不能不能讓七千隻小搗蛋和一個野蠻姑姑來到我的王國。」

「誰要結婚？」米寶媽媽感興趣的問。

「我已經說了，不是嗎？是羅德佑！」國王回答。

「不可能。」豪德金說。

「不可能也好，可能也好，婚禮就在今天舉行！」國王緊張的說：「對象是法西家族的人……請讓船全速前進！唉，他們一見鍾情，彼此都神魂顛倒，從此每天交換鈕釦、四處嬉鬧、幼稚不堪，他們還發了電報給某位姑姑，不過羅德佑說她可能已經被吃掉了。還邀請了七千隻小搗蛋來參加婚禮！如果他們把我的王國啃個精光，我寧願吃掉我的王冠！來人啊！請給我一杯酒！」

「他們請的會不會是亨姆廉姑姑呢？」我極端震驚的問道，將酒遞給他。

「是，是，沒錯，」他垂頭喪氣的回答：「這位姑姑的鼻子只剩一半，而且脾氣很不好。我雖然喜歡驚喜，但希望是由自己製造。」

我們已經接近岸邊。

羅德佑站在遠方等著，身旁站著一位法西，「海羊交鄉號」準備靠岸，豪德金把纜繩丟給幾個迎接我們的子民。「現在怎麼樣了？」他說。

「不好意思！」羅德佑叫道：「我結婚了！」

「我也是！」法西說完，便屈膝致意。

「可是，我告訴過你要等到下午，不是嗎？」國王後悔的說：「我們來不及享受婚禮的樂趣了！」

「不好意思，可是我們等不及了，」羅德佑說：「我們太相愛了！」

「噢！我的天哪！我的天哪！」米寶媽媽大叫，啜泣著衝下舷梯，「祝你們兩個幸福！真是個可愛的小法西！給他們三次歡呼，孩子，他們結婚了！」

「現在道賀不過是錦上添花罷了。」米

妮說。

*

此時，姆米爸爸的故事被打斷，因為史尼夫從床上坐起來大叫：「停下來！」

「爸爸正在念他年輕時的故事。」姆米托魯生氣的說。

「裡面也有我爸爸年輕的時候，」史尼夫居然很自豪的說：「目前為止，我聽了許多關於羅德佑的事情，但完全沒提到法西！」

「我忘記她了，」姆米爸爸喃喃的說：「她一直到這時候才出現在故事裡……」

「你忘了寫我媽媽了！」史尼夫哭喊。

臥室門打開，姆米媽媽探頭進來。「還沒睡啊？」她說：「我聽到有人呼喚媽媽？」

「是我。」史尼夫說完從床上跳起來，「你們想想看！我們聽到許許多多關於父親的故事，突然間，在毫無心理準備的情況下，一個母親出現了！」

「但這很自然啊，不是嗎？」姆米媽媽有些吃驚的回答：「就我所知，你母親過得很幸福，還有許多鈕釦收藏。」

史尼夫瞪了姆米爸爸一眼：「然後呢？」

「很豐富的收藏！」姆米爸爸向他保證，「石頭、貝殼和玻璃珠，你講得出來的物品都有！總之，她是突然出現的！」

史尼夫陷入沉思。

「提到母親，」司那夫金說：「事實上，這位米寶媽媽就是……我也有母親囉？」

「當然！」姆米爸爸說：「而且可親又圓鼓鼓的。」

「那麼，米妮和我有血緣關係囉？」司那夫金驚訝的叫道。

「是啊，是啊！」姆米爸爸說：「請不要打斷我，這是我的回憶錄，不是族譜！」

「可以讓爸爸繼續念了嗎？」姆米托魯問。

「好吧……」史尼夫和司那夫金點頭答應。

「謝謝！」姆米爸爸鬆了一口氣，又繼續念下去。

＊

一整天，羅德佑和法西收到許多結婚禮物，到最後甚至裝不下咖啡罐，許多鈕釦、石頭、貝殼、門把和其他東西只得堆放在旁邊的岩石上。

羅德佑坐在禮物堆上，握著法西的手，洋溢著幸福的氣息。

「結婚真好。」他說。

「可能吧！」豪德金表示：「不過，請聽好了，你有沒有邀請亨姆廉姑姑和那些小搗蛋？」

「不好意思，但我怕他們不高興。」羅德佑說。

「是沒錯啦，可是，那個亨姆廉姑姑耶！」我大叫。

「這個嘛，」羅德佑答：「老實說，我也不怎麼想念她。可是，不好意思！我很有罪惡感！記得嗎？我曾希望有人大發慈悲吃掉她。」

「嗯，」豪德金說：「的確，你說得有道理。」

隔天，到了郵船預定抵達的時刻，碼頭、山坡和海邊擠滿了國王的子民。國王坐在最高的山坡上，已經下令讓亨姆廉志願銅管樂隊開始演奏。

羅德佑和法西坐在天鵝形狀的特製禮船上。

大家都很興奮，但又有點不安，因為關於亨姆廉姑姑和她可怕個性的謠言已經傳遍整個王國。此外，大家也害怕小搗蛋會吃垮他們的國家，把驚喜花園的樹木啃得粉碎。不過，新婚夫妻正安靜的交換鈕釦，沒有人願意對他們說出這些擔憂。

「你覺得她會不會被磷粉或線和樹脂的把戲嚇到？」我的鬼魂朋友一面在送給法西的茶杯保暖套上織著骷髏頭圖案，一面問我。

「應該不會。」我回答。

「她會跟你玩起有教育性的遊戲，」約克薩預言：「也許冬天來臨時，她甚至不讓我們冬眠，而強迫我們去滑雪！」

「那是什麼？」米寶姊姊問。

「從大氣層急衝下來。」豪德金解釋。

「天哪！」米寶媽媽叫道：「真恐怖！」

「我們都會死掉！」米妮說。

群眾紛紛發出害怕的聲音，此時，郵船進港了。

亨姆廉樂隊奏起聖歌〈拯救我們愚笨的人民〉，天鵝禮船出發迎接，兩個米寶小孩太過興奮了，還不小心掉到水裡。號角聲響起，約克薩不知所措的逃跑了。

這時候，我們才注意到郵船上什麼也沒有，原來，這艘船根本裝不下七千隻小搗蛋。海邊傳來一陣夾雜著慶幸與失望的呼聲。只有一隻小搗蛋跳上禮船，往岸邊快速接近。

「這是什麼？」國王忍不住好奇心，離開寶座走到海邊，「只有一隻小搗蛋？」

「是我們的小搗蛋老朋友！」我叫道：「他還拿著一個大包裹！」

「看來她還是被吃掉了。」豪德金說。

「安靜！安靜！安靜！」國王大叫，並吹了一聲號角，「讓小搗蛋過來！他可是個使者！」

群眾退開，讓新人和小搗蛋通過，小搗蛋搖搖擺擺的走向我們，把包裹放在地上。箱子的邊角稍微被啃了一塊，但大致還維持完整。

「怎麼了？」國王說。

「亨姆廉姑姑向你們道賀……」小搗蛋說完，發狂的翻著他的大衣口袋。

所有人都等得不耐煩了。

「快一點，快一點！」國王大叫。

最後，小搗蛋終於翻出一封皺巴巴的信，他態度自豪的解釋道：「亨姆廉姑姑教會我寫字，一般常用的字我都會寫了！除了『無』、『感』、『開』、『禮』和『廉』！整封信是她念了之後，再由我寫下。信的內容是這樣的。」小搗蛋吸了一口氣，便開始吃力的大聲念著：

親愛的孩子們！

我帶著非常遺憾、罪惡又有點沮喪的心情，寫了這一封信。我真的〇法參加婚禮，也了解不敢要求你們原諒我。相信我，當我看到你們居然想再看到我，我倍〇高興與榮幸。我甚至流下了〇心的淚水。聽到小羅德佑決定進入人生的另一階段，我很有〇觸。親愛的孩子們，我真的不知道要如何〇激你們：首先，你們從莫蘭口中救了我，其次，又讓我認識這些可愛的小搗蛋。我有義務說實話：我和小搗蛋過得非常〇心，就連婚禮這樣的喜事也〇法讓我們離〇家園。我們每天舉辦猜謎和乘法比賽，玩得樂不可支，也期待冬天的來臨，好讓我們〇始在雪上從事健康的運動。為了彌補我的缺席，在此送上一份珍貴的結婚賀〇，希望它能為羅德佑的罐子增添色彩。

附上六千九百九十九位朋友的祝福！

亨姆〇姑姑敬上

山坡上一陣靜默。

「〇心是什麼？」我問。

「當然是開心啊。」小搗蛋回答。
「你喜歡有教育性的遊戲嗎？」豪德金試探的問。
「非常喜歡！」小搗蛋說。
我坐下來，不知該說什麼。
「你們不幫我打開包裹嗎？」羅德佑叫道。
小搗蛋謹慎的咬開繩子，裡面出現一張亨姆廉姑姑的彩色照片，照片裡的她盛裝打扮，恍若小搗蛋們的王后。
「她的鼻子完好如初！」羅德佑叫道：「我太高興了！真是鬆了一口氣！」
「親愛的，你看相框。」法西說。
我們看著相框驚叫：「噢！是純西班牙黃金，角落鑲有黃玉和橄欖石雕成的玫瑰，內圈還嵌了一圈碎鑽，背面則是普通的綠松石。」
「你覺得它們撬得下來嗎？」法西問道。
「當然可以！」羅德佑興致勃勃的說：「不是有人送我們一隻貓頭鷹嗎？」

就在這個時候，海邊響起一陣可怕的大吼：「怎麼樣！噁心的傢伙！我等了又等，想要享用我的早茶，但似乎沒有人記得愛德華了！」

*

姆米爸爸講述完羅德佑的婚禮的幾天後，他和家人一同坐在陽台。那是一個多風的九月夜晚，姆米媽媽做了一些熱蘭姆酒和蜜糖三明治，大家盛裝打扮，並戴上只有正式場合才拿出來的飾品。

「怎麼樣？」姆米媽媽期待的說。

「回憶錄今天寫完了。」姆米爸爸以低沉的聲音宣布：「我準備在六點四十五分動筆寫結語。至於最後一句話嘛……你們可以自行決定！」

「你沒寫你和溜溜一起的邪惡生活嗎？」司那夫金問。

「沒有，」姆米爸爸說：「我希望這本書富有教育意義，你看不出來嗎？」

「是啊！這就是原因！」史尼夫叫道。

「噓，噓，」姆米媽媽說：「可是，差不多應該要提到我了吧？」她臉紅了。

姆米爸爸舉起酒杯，喝了三大口，說：「沒錯。仔細聽好了，兒子，因為這最後一部分描述了我是如何遇見你母親。」

於是，他打開書念道：

時序進入秋季，灰濛濛的細雨讓島嶼籠罩在揮之不去的霧氣當中。

我非常確定，我們試乘「海羊交鄉號」的輝煌之旅，只不過是探索廣大世界的開始，但事實並非如此，那次的旅程已經是我人生的高潮。當豪德金一回到家，參加羅德佑婚禮的歡樂也消退後，他又開始埋頭修改他的發明。他不斷改裝，加東加西、布置修剪、磨光和上油漆，最後，「海羊交鄉號」內部就像一個豪華客廳。

豪德金不時會帶著國王或皇家非法移民者短程出航，但總是會在晚餐之前回來。

我渴望前往其他地方。浩瀚無邊的世界正在等著我，我的渴望讓我枯萎無力。雨下個不停，船總是有地方需要調整，像是潛水橡膠、大燈、曲軸箱蓋，或其他需要更換的東西。

接著，暴風來了。

米寶媽媽的房子被吹走，她的大女兒因為在戶外睡覺而感冒。雨水滲進羅德佑的罐子裡。只有我有堅固的房子和溫暖的壁爐。所以，其他人會怎麼做呢？當然是暫時和我一起居住。老船長室裡越多家庭生活，我便越感到孤單。

朋友結婚或成為皇家發明家，實在是很危險的事情。前一刻你們還是非法之徒、冒險家或是無聊時一起轉移陣地的最佳伙伴，只要打開地圖，就可以前往世界各地……

……下一刻，他們突然對這些事情都不感興趣了。他們只想保持溫暖，還害怕下雨。他們開始蒐集背包裝不下的大東西，成天只談論瑣碎的小事。他們不喜歡突發奇想，不喜歡背離常規。以前還會揚起船帆出航，現在只是削削木頭製作杯架。噢！講到這些事情，有誰能夠不掉淚呢？

最糟糕的是，我自己也受到影響，我越享受壁爐邊有他們為伴，就越感受不到老鷹一般的自由和勇敢。親愛的讀者，你能了解我嗎？我被困住了，但終究還是個異鄉人，到頭來我覺得自己一事無成也一無所有，有的只是窗外的疾風暴雨。

現在我要告訴你那個特別的傍晚。那晚天氣特別惡劣，我的屋頂嘎嘎作響，西南風不時從煙囪灌進來，雨滴打在陽台上，就像急切的腳步聲（我把船長室橋樓改建成陽台，還鋸出松果圖案的欄杆）。

「媽媽！來念故事給我們聽！」米寶媽媽的孩子們在床上喊著。

「好的，」米寶媽媽說：「上次念到哪裡了？」

「垂格斯檢察官……悄悄的……閃進……門內。」孩子們七嘴八舌的說。

「很好，」他們的母親說：「垂格斯檢察官悄悄的閃進門內，被外頭月光照亮的是槍管嗎？他冷靜堅定的踏出正義的一步，突然又停止，然後再度踏出一步……」

我隱隱約約聽到米寶媽媽念的故事，我已經聽了好幾遍。

「我喜歡這個故事。」鬼魂說。他一面在黑色法蘭絨的盥洗袋刺上骷髏頭圖案，一面注意時間。

羅德佑和法西手牽著手坐在壁爐邊。約克薩玩著紙牌遊戲。豪德金趴在地上翻閱《越洋的旅程》裡的圖畫。一切都那麼安全舒適，是最棒的家庭生活，我越注意，就越感到不自在，腳還隱隱刺痛。

強風不時從海面颳來，把窗戶玻璃搖得格格作響。

「這種夜晚若還在外面……」我心不在焉的嘀咕著。

「這風應該有蒲福氏八級，也許更強。」豪德金附和著說，眼睛還是盯著圖畫書上的海浪。

「我要出去看看。」我喃喃自語，並從位於下風處的門出去。我站在門口，聆聽了一會兒。

黑夜充滿了險惡的碰撞巨響和海浪的翻滾聲。我嗅聞風的味道，轉動耳朵，然後走到迎風處。

暴風直對著我呼嘯而來，我閉上眼睛，以免看見那些在秋夜的暴風中說不出口的凶惡東西。陰森的事物最好置之不理，也不該想起……

事實上，那天晚上我什麼都沒有想，只知道我該走到海邊，踩上嘶吼的碎浪。我後來也遇過幾次那種神奇的預感，而且都有意料之外的結果。

月亮從雲層間探出頭來，將濕沙照得像金屬片一樣閃亮。隆隆的海浪像一排白龍齊聲巨吼，伸著爪子高聳入雲，又在岸邊撲了空，爬回海面。接著凶猛嘶吼一番後，再度發動攻擊。

往事湧上心頭，令我不能自已！

究竟是什麼原因，驅使我在那一夜不顧所有姆米最討厭的寒冷與黑暗，拚命來到海邊，剛好看到姆米媽媽被海浪沖到我們的島上呢？噢！命運真是個奇妙的東西！

她抓著一塊浮木，被大浪打了過來，像個圓球似的滾到海灣，又被退潮沖回海上。

我急忙跑進水裡，放聲大叫：「我在這裡！」

現在她又被沖上來，抱著的浮木已經不見了，只見她四腳朝天，在浪頭上掙扎。

我無懼波濤洶湧，來到黑色浪牆面前，直接將這位落難的美女緊抱在懷裡。下一秒我失去重心，兩個人在驚濤駭浪中無助的旋轉著。

我鼓起超人般的力量，掙扎著站起來。海浪飢渴的想要抓住我的尾巴，但我勉力爬回岸邊，多次摔倒，不斷掙扎，再奮力一搏！最後，我終於將懷裡甜美的負擔放在岸邊，讓她脫離殘暴大海的魔爪！噢！這和拯救亨姆廉姑姑完全不同！我救到的是像我

一樣的姆米，但比我更加美麗，是一位姆米小姐。

她坐起身子，哭泣了起來，「救救我的皮包！噢！快救救我的皮包！」

「它不是正在妳的手上嗎？」我說。

「噢！的確是的，」她叫道：「感謝老天……」她打開她的大黑皮包，開始在裡面翻找，最後找出了她的粉餅。

「我想我的粉餅被海水泡爛了。」她傷心的說。

「妳不搽粉也一樣漂亮。」我殷勤的說。

她給了我一個難以猜透的表情，滿臉通紅。

讓我就此停筆，這是我坎坷年少的重大轉折點，讓回憶錄結束在最美好的姆米走進我生命的那一刻！從此之後，我的愚蠢莽撞有她溫柔又善解人意的雙眼監督著，都轉化為理性與智慧，但另一方面，我對自由的熱愛並沒有受到拘束，因而能提筆將它們全都寫下來。

這都是很久以前的事情了，可是，現在重新回想，卻有一種很確定的預感。這些事情將再度發生，只不過會以新的方式重現。

在停筆的此時，我確信我那偉大的冒險時代並沒有消逝。否則會是很悲傷的事情，你不認為嗎？

我鼓勵每一位勇敢的姆米好好思考我的經驗、我的勇氣、我的機智、我的美德，可能還有我的愚蠢。他不一定要複製我的經驗，只希望有一天他也可以在奇妙與艱苦的過程中，創造出屬於自己的經驗，才不枉所有年輕、有才能的姆米都具有的本能。

回憶錄到此結束。
接下來還有重要的尾聲。
請翻到下一頁！

尾聲

姆米爸爸把他寫回憶錄的筆放在陽台桌子上，不發一語的看著家人。

「恭喜！」姆米媽媽激動的說。

「恭喜，爸爸！」姆米托魯說：「我想，你現在出名了！」

「什麼？」姆米爸爸大喊，從椅子上跳起來。

「別人看到這本書，就會相信你很有名。」姆米托魯肯定的說。

姆米爸爸搖搖耳朵，露齒而笑。「也許吧！」他說。

「可是，後來呢？後來怎麼了？」史尼夫叫道。

「噢！後來啊！」姆米爸爸回答，伸手指向他的房子、家人、花園和姆米谷。這些正是每個人歷經年輕歲月之後會擁有的每件事情。

「親愛的孩子們，」姆米媽媽害羞的解釋：「後來，每件事情就開始了。」

窗外突然颳起強風，雨勢也增強了。

「想想看，如果這種天氣還在海上……」姆米爸爸若有所思的說。

「可是，我爸爸怎麼了？」司那夫金問：「約克薩呢？他怎麼了？我媽媽呢？」

「是啊，還有羅德佑！」史尼夫叫道：「你和我唯一的爸爸失散了嗎？更別提還有他的鈕釦收藏和法西！」

陽台上一陣靜默。

此刻，巧合的事情發生了，大家正想要繼續聽故事的時候，有人敲門了。三聲簡潔有力的聲響。

姆米爸爸跳起來叫道：「是誰？」

有個低沉的聲音回答：「開門！夜晚又濕又冷！」

姆米爸爸打開門。

「老豪！」他大叫。

是的，走進陽台的正是豪德金。他甩掉身上的雨水，開口說：「我花了點時間才找到你。你好啊！」

「你一點都沒變！」姆米爸爸喜悅的說：「噢！真開心！我太高興了！」

接著又傳來一個微小空洞的聲音說道：「在這樣的命運之夜，遭遺忘的屍骨更是

格格作響！」說完，鬼魂便從豪德金的背包裡爬出來，露出友善的笑容。

「真高興見到你們！」姆米媽媽說：「要來杯蘭姆酒嗎？」

「謝謝，謝謝，」豪德金說：「一杯給我，一杯給鬼魂。還要幾杯給外面的人！」

「你還帶了誰來嗎？」姆米爸爸問。

「是的，有幾位家長，」豪德金笑著說：「他們有點害羞。」

史尼夫和司那夫金急忙衝進大雨裡，他們的父母

親就站在外面，有點裹足不前，一方面是因為天氣冷，另一方面則是因為他們那麼久都沒有問候。羅德佑牽著法西的手，兩人各提著一個裝滿鈕釦的大皮箱。約克薩拿著已經熄滅的菸斗，米寶媽媽則激動的大哭，還有米寶姊姊和三十四個小米寶，其中包括了一點都沒長大的小米妮，所有人全都來到陽台餐廳，顯得熱鬧非凡。

那真是個難以言喻的夜晚。

陽台上充滿了前所未見的問題、驚嘆、擁抱、解釋和蘭姆酒，最後，史尼夫的父母索性拿出鈕釦，開始分類起來，並且直接送給史尼夫一半。當現場混亂不已時，米寶媽媽開始集合所有小孩，把他們藏在碗櫥裡。

「安靜！」豪德金大叫，舉起了酒杯，「明天……」

「明天！」姆米爸爸的雙眼閃著年輕時的光芒，跟著複述。

「明天將展開冒險！」豪德金喊道：「我們要搭乘『海羊交鄉號』飛行！每一個人！無論是母親，父親或是小孩！」

「不要等到明天，今晚就出發！」姆米托魯懇求著。

大霧朦朧的黎明，大家紛紛來到花園。東方的天空已經泛白，正等待太陽升起。一切蓄勢待發，再過幾分鐘，黑夜就要結束，任何事都可以重新開始。

一扇通往不可置信與所有可能的新大門。
放手讓萬事發生的嶄新的一天。

故事館25
姆米爸爸的冒險故事
Muminpappans memoarer

作　　者　朵貝・楊笙（Tove Jansson）
譯　　者　劉復苓
封面設計　達　姆
責任編輯　丁　寧
校　　對　呂佳真

國際版權　吳玲緯　蔡傳宜
行　　銷　何維民　吳宇軒　陳欣岑　林欣平
業　　務　李再星　陳紫晴　陳美燕　葉晉源
副總編輯　巫維珍
編輯總監　劉麗真
總 經 理　陳逸瑛
發 行 人　凃玉雲
出　　版　小麥田出版
10483台北市中山區民生東路二段141號5樓
電話：(02)2500-7696　傳真：(02)2500-1967
發　　行　英屬蓋曼群島商家庭傳媒股份有限公司
城邦分公司
10483台北市中山區民生東路二段141號11樓
網址：http://www.cite.com.tw
客服專線：(02)2500-7718｜2500-7719
24小時傳真專線：(02)2500-1990｜2500-1991
服務時間：週一至週五09:30-12:00｜13:30-17:00
劃撥帳號：19863813　戶名：書虫股份有限公司
讀者服務信箱：service@readingclub.com.tw
香港發行所　城邦（香港）出版集團有限公司
香港灣仔駱克道193號東超商業中心1/F
電話：852-2508 6231　傳真：852-2578 9337
馬新發行所　城邦（馬新）出版集團 Cite (M) Sdn Bhd.
41-3, Jalan Radin Anum, Bandar Baru Sri Petaling,
57000 Kuala Lumpur, Malaysia.
電話：+6(03) 9056 3833　傳真：+6(03) 9057 6622
讀者服務信箱：services@cite.my
麥田部落格　http://ryefield.pixnet.net
印　　刷　前進彩藝有限公司
初　　版　2016年7月
初版五刷　2021年9月
售　　價　280元

ISBN 978-986-93214-2-6
Printed in Taiwan.

國家圖書館出版品預行編目資料

姆米爸爸的冒險故事／朵貝・楊笙（Tove Jansson）著；劉復苓譯. -- 初版. -- 臺北市：小麥田出版：家庭傳媒城邦分公司發行, 2016.07
面；　公分
譯自：Muminpappans memoarer
ISBN 978-986-93214-2-6 (平裝)

881.159　　105008417

城邦讀書花園 www.cite.com.tw
書店網址：www.cite.com.tw